犬神家の戸籍

「血」と「家」の近代日本

遠藤正敬
Masataka Endo

青土社

犬神家の戸籍　目次

犬神家の戸籍　「血」と「家」の近代日本

序章

『犬神家の一族』の読み方

人気衰えぬ『犬神家の一族』——横溝ブームの権化

飛び散る血しぶき、耳をつんざく悲鳴、謎かけを込めて〝展示〟される死体……。横溝映画ではおなじみの場面である。

日本人は推理小説の好きな国民といえよう。今日でも書店の売れ行きランキングなどで上位を占めるのはたいてい推理小説である。そのなかでも、横溝正史（一九〇二—一九八一）は時代を超えて愛読されている、日本を代表する探偵小説の巨匠として江戸川乱歩（一八九四—一九六五）と双璧の存在であろう。都会を舞台にした不条理な劇場型犯罪を大胆なトリックとともに描く乱歩に対し、正史は地方の名家・旧家を舞台に血と家をめぐる因習と愛憎を犯罪事件というモチーフで描くのが特徴である。

そして、横溝正史といえば、名探偵金田一耕助という屈指の名キャラクターを生み出した点においても特筆される。街頭インタビューで道行く人々に「名探偵といって思い浮かぶのは？」との質問をぶつけてみれば、最も多く返ってくる答えとしては、明智小五郎、シャーロック・ホームズ、エルキュール・ポアロ、そして金田一耕助というのが順当なところであろう。

そのなかでも金田一耕助は異彩を放っている。明智、ホームズ、ポアロの面々はビシッとスーツを着込み、キザで威厳があり、いかにも〝名探偵然〟としたオーラをたたえているのに対し、金田一にはそれが皆無である。それどころか、警察をはじめ、大概の人は彼をひと目見て、本当にこの男は探偵として信用できるのか?という疑問や不安を招いて不思議はない、実に貧相な風貌である。何しろ洋装がとうに一般的になっていた戦後日本が舞台でありながら、くたびれた羽織と袴、もじゃもじゃの長髪にチューリップ帽ときている。頭のてっぺんからつま先まで名探偵らしき要素がみじんもない冴えない男が、実は頭脳明晰な名探偵というギャップの妙味が金田一の魅力である。

これと同一路線のキャラクターとして有名なのは、よれよれのレインコートにむさ苦しいもじゃもじゃ頭、小柄で猫背で葉巻きをくわえたコロンボ警部である。そのみすぼらしい風貌のため、事件現場に出向いた時には警察官に不審人物扱いされて追い払われそうになるという場面も二人に共通している。だが、ロサンゼルス市警のベテラン刑事という公職にあるコロンボと異なり、金田一は一塊の若手探偵にすぎない。コロンボは警察証を見せればどこでもフリーパスになるのに対し、それもない金田一は知己の警部からひと声もらわなければ事件現場にも立ち入れず、有無を言わせず留置場に拘留されたことさえある。[1]

そんな金田一が登場する横溝作品の中でもとりわけ知名度が高いのが、『八つ墓村』と『犬神家の一族』であろう。というのは、最も多く映像化されている横溝作品が、この二作なのである。

『犬神家の一族』は、雑誌『キング』に一九五〇年一月号から一九五一年五月号まで連載された。

これが好評を博し、早くも一九五四年に映画化される。東映の片岡千恵蔵主演による金田一耕助シリーズとして製作された『犬神家の謎　悪魔は踊る』（東映、渡辺邦男監督）がそれである。だが、この作品は改題のせいもあり、一般にはだいぶ知名度が低い。

やはり何といっても世にその名を轟かせたのは、一九七六年公開の角川春樹事務所製作（東宝配給）、市川崑監督、石坂浩二主演[2]による映画『犬神家の一族』（以下、「一九七六年映画版」）であろう。

角川春樹事務所最初の製作映画である本作が大成功を収めたことは一九八〇年代まで続く角川映画ブームの呼び水となっただけでなく、日本の映画興行に多大な転換をもたらす〝事件〟といえた。何しろ破格の製作費（二億二〇〇〇万円）とともに、それを上回る宣伝費（三億円）を注ぎ込み、角川文庫とタイアップした宣伝広告やテレビＣＭの活用などの画期的な商業戦略も功を奏し、一五億円超の配給収入（同年度日本映画第二位）をあげる大ヒット作となったのである。また、同作品がテレビで初放送された一九七八年一月一六日の「月曜ロードショー」は視聴率四〇・二％（関東地区、ビデオリサーチ調べ、歴代第四位）というサスペンス映画としては史上最高の視聴率をはじき出している。

同作品のさらなる功績として、金田一耕助のキャラクターを定番化した点が挙げられる。それまでの映像作品ではスーツ、あるいはジーパン（一九七五年『本陣殺人事件』での中尾彬）という装いで登場していた金田一耕助を、よれよれの羽織・袴・チューリップ帽の三点セットにボサボサ頭という原作通りの設定で初めて映像化し（興奮した時に頭を掻きむしると大量のフケが落ちるというおなじみのシーンも本作から）、世間に名探偵・金田一耕助というキャラクターをその特異ないでたちとともに認知させた草分けという点でも、一九七六年映画版（および石坂浩二）の残した足跡は大きい。

『犬神家の一族』以後、東宝では『悪魔の手毬唄《てまりうた》』（一九七七年）、『獄門島』（同）、『女王蜂』（一九七八年）、『病院坂の首縊《くびくく》りの家』（一九七九年）と続く市川崑＆石坂浩二コンビによる金田一シリーズが製作される。東宝以外でも、松竹の『八つ墓村』（一九七七年、配給収入では『犬神家の一族』を上回った）、『悪霊島』（一九八一年）、東映の『悪魔が来《きた》りて笛を吹く』（一九七九年）が製作された。映画の成功と歩を合わせて出版においても横溝作品は次々とベストセラーとなる。一九七〇年代から燃え上がったこの空前の横溝正史ブームはひとつの社会現象といえた。

恐怖や怪奇というものに世の人々が引き寄せられたという点でいえば、同時代の日本における映画『エクソシスト』（一九七三年）や『オーメン』（一九七六年）などの大ヒットにみられるホラーブームが想起されるかもしれない。だが、横溝ブームの根底には、そうしたオカルト趣味とはまた異なる、「家」や「血」をめぐる因果に対する日本人ならではの土着的な共同意識が横たわっていたと思われるのである。

理想の「金田一耕助」役は？——古谷・金田一の魅力

『犬神家の一族』は一九七七年に毎日放送等の製作による「横溝正史シリーズ」第一作としてテレビドラマ版（工藤栄一監督。以下、「一九七七年テレビ版」とする）が放送され、こちらも好評を博した。以後、同シリーズは映画に負けじと横溝正史ブームをさらに煽り立てるものとなった。同シリーズで金田一耕助役を演じたのは、古谷一行である。

一九七七年当時の古谷といえば、すでにNHK大河ドラマの主演を二度務めるなどスター俳優の地位を確立していた石坂浩二と比べるとまだ売り出し中の新進俳優であったが、石坂版とはまた一味も二味も違った金田一像を作り上げ、彼の当たり役となった。[3]

その後も『犬神家の一族』は何度となくテレビドラマ化され、最近でも二〇二〇年二月に放送された。映画においても二〇〇六年に東宝で市川&石坂コンビ（石坂は当時六四歳！）でリメイク版が製作され、これが市川の遺作となった。しかし、大方の評価では、やはり一九七六年映画版が配役、演出、音楽、映像美などを含めて最高傑作との呼び声が高い。

ただし配役という点でいうならば、筆者の頭の中では、金田一耕助のベストキャストは古谷一行を措いてはいない。『犬神家の一族』の原作では、金田一の風体を「年ごろ三十五、六、もじゃもじゃ頭の、風采のあがらぬ小柄な人物でよれよれのセルに、よれよれの袴といういでたち。口を利くと、少しどもるくせがある」と説明している。

この「小柄」「風采のあがらない」「どもるくせのある」という特徴は、前述したような名探偵から程遠い金田一のキャラクターを形成する不可欠な要素である。

横溝正史には、探偵が二枚目であってはならないという持論があった。正史は一九七六年一月の小林信彦との対談において「結局、探偵というものは狂言回しでしょう。主人公は別にいるんですワ。犯人か被害者かどちらか、それが二枚目になるでしょう。二枚目を二人出されちゃ困る。だから、金田一は汚れ役にしてほしい」[4]と語っていた。

　こうした正史の趣向を踏まえると、どうも石坂・金田一は、スマートな長身で都会的なインテリ美男子が無理に格好と口調だけ「はい、金田一ですよ」と間に合わせたような、にわか仕込み感が否めない。まして、石坂と古谷以後、金田一を演じたのは、若干の例外（渥美清、西田敏行、片岡鶴太郎など）を除けば、顔よし、スタイルよしの清潔感ある美男子（近年はジャニーズアイドルも！）ばかりである。これには、さすがに正史も草葉の陰で溜め息を洩らしているのではないか。

　その点、中肉中背で品がなく、ドジでおどけた金田一を演じた古谷（無論、彼も美男ではあるが）は、はなから頭脳明晰な名探偵というオーラが溢れ出ている石坂・金田一と異なり、探偵にすら見えないショボくれた風体（一九七七年テレビ版では、橘那須署長曰く「どうみても貧乏書生」）と鮮やかな名推理とのギャップという金田一のキャラクターの妙味を体現しているのが魅力である。推理に行き詰まった時に場所を選ばず逆立ちをして精神統一するという特技（これは古谷版金田一のオリジナルである）も、金田一の奇人ぶりを醸し出していて良い。

　また、一九七七年テレビ版ではこんな場面がある。金田一が東京にある探偵事務所の事務員からたびたび電話で「滞納している家賃を払え」「事務所の電気を止められる」とせっつかれたり、犬神家本邸内を探索中に女中から空き部屋が三つもあると聞き、「勿体ない、東京ではひどい住宅難で、自分の事務所も手狭なのに家賃が高い……」とぼやいたりなど、原作にはない生活者・金田一の苦しい台所事情が描かれている。このように古谷・金田一は、探偵稼業も楽ではないという所帯じみたイメージがうかがえ、観る者に等身大の親近感を与えるのも妙味である。

いずれにしても、『犬神家の一族』の映像作品として、一九七六年映画版と一九七七年テレビ版が、その完成度からいっても最も長く世間に親しまれてきたことに異論はあるまい。よって、本書で映像作品に言及する時は、この二作品を念頭に置いている。

一九七六年映画版の戦慄——高峰・松子の恐怖

では、物語のあらすじを簡単に説明しておこう。

信州の那須市（架空）を拠点に裸一貫から日本屈指の大企業、犬神製糸を築き上げた犬神佐兵衛《さへえ》が、戦後しばらくして他界する。佐兵衛の子である松子・竹子・梅子の三姉妹をはじめ遺族の関心は当然、その莫大な遺産のゆくえに集まる。犬神家の顧問弁護士古館恭三の助手である若林弁護士は密かに佐兵衛の遺言の内容を知って、このままでは犬神家に血の雨が降ると恐れおののき、東京の探偵金田一耕助に犬神家の親族関係について調査を依頼するも、何者かに毒殺される。

佐兵衛の死から約九カ月後、戦地で消息不明となっていた松子の長男・佐清《すけきよ》が突然、復員してくる。佐兵衛の遺命通り、犬神家の一族が揃ったところで注目の遺言が公開される。だが、それは一族の期待を脆くも打ち砕く内容であった。親族でもない野々宮珠世という佐兵衛の寵愛していた女性に、佐兵衛亡き後の犬神家の命運をゆだねようというのである。

すなわち、珠世は佐清、佐武《すけたけ》（竹子の長男）、佐智《すけとも》（梅子の長男）のうち一人を配偶者に選ぶという条件で犬神財閥の全財産および全事業（両方の相続権を意味するのが、斧《よき》・琴・菊という犬神家の三種の家宝である）を譲与される。もし珠世がこの三人以外に配偶者を選んだ場合、あるいは珠世も右三名の男子もすべて死亡した場合は、青沼静馬なる佐兵衛の婚外子にその相続権がそっくり移るというものであった。この奇天烈な遺言状を発端に、一族の間で遺産をめぐる骨肉の争いに火が点き、血で血を洗う凄惨な連続殺人事件の幕が上がる——。

さて、筆者個人の記憶をたどれば、初めて観た『犬神家の一族』の映像作品が一九七六年映画版である。それは忘れもしない、中学一年が終わろうという一九八六年三月、「月曜ロードショー」（TBS）での放送を観た時である。同番組が放送される二一時以降というと、当時はまだ子どもは親から「そろそろ寝る準備をしろ」と促される時間帯であった。もちろん、子どもの側からしても、幽霊や死体の映像なんぞ観た後には確実に寝つきが悪くなる時間帯に他ならなかった。

『犬神家の一族』は幽霊こそ登場しないが、初見時のインパクトは筆舌に尽くし難いものがあった。とにかく映画の基調となる、光と影を駆使した陰鬱な画面と不気味な音楽とが相まって功を奏し、いつ次なる犠牲者の無残な死体が目に飛び込んでくるかという恐怖感を途切れさせない。その甲斐あって（?）怖がりの筆者はブラウン管を最後まで正視できず、金田一の謎解きもちんぷんかんぷんのまま床に就いた記憶がある。

巻では、一九七六年映画版のホラー要員のMVPといえば、異様なゴムマスクで顔の戦傷を隠した「犬神佐清」（正確には佐清になりすました静馬）とされているようである。だが、筆者を最も震撼させたのは他でもない、犯人・松子役の高峰三枝子である。大女優には失礼ながら、幽霊などよりも恐いこの人の存在感は年端《としは》も行かぬ中学生の脳天に突き刺さるには十分すぎた。筆者が高峰三枝子という女優をはっきり認識したのがこの作品であったがために、彼女は不幸にも（?）「犬神松子（の人）」として筆者の脳裏に長く焼き付けられる運命となる。

圧巻は、クライマックスで金田一が事件全体の謎解きをする場面での彼女の佇まいである。金田一の明敏な推理に対しても鼻で笑うかのような傲然とした表情で耳を傾ける。だが、事件の全容が解明に差しかかった時、もはやこれまでとばかりに毒入りのキセルをくゆらし始め（原作では松子は初めからタバコを吸っており、最後にキセルの中身を毒入りタバコに入れ替えている。こちらの方が自然であろう）、間もなく唇から血をしたたらせて事切れる。その壮絶な死にざまには戦慄すら覚えた。何より犯行の回想シーンの後に時折みせる彼女の憎々しいニンマリ顔は、思い出すだけで夜中にトイレに行けなくなるくらいのおぞましさをたたえていたものである。

大物美人女優に希代の殺人鬼という汚れ役を演じさせる。そのような斬新なキャスティングも、市川版金田一シリーズの定番となり、高峰以降も犯人役に起用されたのは岸惠子（『悪魔の手毬唄』）、司葉子（『獄門島』）、佐久間良子（『病院坂の首縊りの家』）という錚々《そうそう》たる顔ぶれである。一九七七年テレビ版では松子役に京マチ子を起用しているが、こちらは高峰ほどの恐さはなく（高峰のように顔面に血しぶきを浴びるようなシーンもない）、むしろ妖艶さが際立っている。いずれにせよ、そこには美しいものの手をどす黒い血で汚したい、いうなれば聖なるものを穢したいという作り手側の倒錯的な欲求が見出せるが、そのような欲求はまた観る側も潜在的に共有しているのではないか。

横溝正史の人生――薬屋稼業から探偵小説家へ

では、ここで横溝正史の〝戸籍〟について簡単にふり返っておこう。

横溝正史（本名は同字で「まさし」）は一九〇二年五月二四日兵庫県神戸市東川崎町に生まれた。一九〇二年（明治三五年）といえば、朝鮮半島の支配を目論む日本が、満洲地方に野心を抱いて南下政策を進めていたロシアに対抗すべくイギリスと日英同盟を締結した年であり、東アジアにおける日本や欧米列強の覇権争いが緊張を増していた時期である。同じ年に生まれた著名人としては、小林秀雄（文芸評論家）、住井すゑ（小説家）、今西錦司（生物学者）、白洲次郎（実業家）、屋良朝苗《やらちょうびょう》（政治家）、秩父宮雍仁《ちちぶのみややすひと》（昭和天皇の弟）、ウィリアム・ワイラー（映画監督）、チャールズ・リンドバーグ（冒険飛行家）らがいる。

父の宜一郎《ぎいちろう》は大きな鉄工場の支配人を務める一方で、家業として生薬屋《きぐすりや》を営んでいた。神戸二中を卒業した正史は、第一銀行に勤めるかたわら小説を執筆し始め、一九二一年に『恐ろしき四月馬鹿《エイプリルフール》』が雑誌『新青年』の懸賞に入選し、一九歳で文壇デビューを果たす。その後、銀行を退職し、大阪薬学専門学校（現在の大阪大学薬学部）に入学している。これは、正史は三男でありながら家業を継ぐこととなり、薬剤師になる必要からであったという。[5] 大阪薬学専門学校を卒業し、薬剤師の免許も取得した正史は、しばらく実家の薬屋で働いていた。『犬神家の一族』もそうであるが、彼の作品のなかで薬殺の場面が多いのは、薬剤師として培った知識も関係しているのかもしれない。

だが、なぜ三男の正史が横溝家の跡継ぎとなったのか。それは、正史が一六歳の時に二男・五郎が、さらに一九歳の時に長男・歌名雄《かなお》が相次いで病死し、横溝家の家督相続人の座が正史に回ってきたためである。一九二七年、正史は二五歳で中島孝子と婚姻し、父の宜一郎と異母弟の武雄を東京の新居に引き取る。

一九二五年に正史は探偵小説の先輩、江戸川乱歩と知己になり、生涯の友人となる。乱歩の誘いに乗って上京した正史は出版社・博文館に入社し、雑誌『新青年』の編集長を務めながら小説を執筆するという二足のわらじをしばらく履いていた。だが、一九二九年、正史が二七歳の時に父・宜一郎が死去する。長女・宜子が生まれて正史が「父」となった翌年のことであった。

正史は一九三二年から執筆活動に専念するも肺結核を患い、一九三四年七月から六年間、長野県の上諏訪に移住して療養生活を送った。上諏訪といえば、『犬神家の一族』の舞台である那須市のモデルとなった地である(次章を参照)。物語のなかで那須市は事件の一〇年ほど前まで上那須と下那須に分かれており、犬神家本邸があるのは上那須という設定になっている。

一九三九年一二月に上諏訪から東京に戻った正史であるが、探偵小説の執筆は封じられる時勢となっていた。一九三七年七月から日中戦争が全面化し、日本が戦時体制に入ると、思想の自由は権力から抑圧されていく。庶民の娯楽であった探偵小説も、「挙国一致」で総力戦に奉仕すべしという時局にあっては不要にして不謹慎とされたのである。正史によれば、東京に戻ってから探偵小説の執筆の注文は一本もなかったという。[6]

一九四五年三月一〇日に東京は米軍による大空襲で一〇万人もの命が失われる甚大な被害に見舞われた。正史も一家揃って四月に岡山県倉敷市へ疎開し、そこで三年間暮らした。

終戦後になると執筆を再開した正史は、一九四六年の『本陣殺人事件』を皮切りに、『獄門島』『八つ墓村』と、水を得た魚のように傑作を世に送り出していく。一九四八年に東京に戻ってからはいっそう精力的に筆を進め、一九五〇—五一年に『犬神家の一族』を発表する。この時、正史は五〇歳に手が届く年齢になっていた。

日本が高度成長期を迎え、「豊かな社会」が到来する一九六〇年代になると、松本清張に代表されるリアリズムに撤した社会派推理小説が日の出の勢いをみせ、怪奇趣味や抒情趣味を基調とする探偵小説は落日のかげりをみせていく。さしもの正史もかかる文壇の流れには抗えず、一九六四年を境に新作の執筆を止めてしまう。時流におもねって社会派推理小説に転じる道もあったが、その選択は娯楽性を重んじる探偵小説を本領としてきた正史の矜持が許さなかったのであろう。

だが、一九七〇年代に入ると、また風向きが変わった。角川書店が横溝作品の文庫版を装丁や販売方法などに新趣向を凝らして続々刊行すると、これが若年層にも受けて大ヒットとなり、横溝人気が再燃したのである。

さらに前述のように、一九七六年の映画『犬神家の一族』を火付け役とする金田一シリーズの映像化も大成功を収め、空前の横溝正史ブームが到来する。これに呼応するかの如く、すでに古希を過ぎながら新作の執筆を再開した正史であったが、『悪霊島』を世に送り出したのを最後に、多忙を極めた七〇代を終えようという一九八一年の年の瀬、結腸癌でこの世を去った。享年七九歳であり、犬神佐兵衛の没年(満年齢、次章で詳述)と同じであった。

物語のカギは戸籍にあり――犬神家から浮かび上がる「日本」

『犬神家の一族』は、日本における探偵小説の代表作の一つとして人口に膾炙した作品であるといってよい。にもかかわらず、その内容についてはどこまで明快に理解されているのか?という疑問が頭をもたげる。

それというのも、この物語はとにかく登場人物の相関図が尋常でない複雑さを呈しているからである。

何しろ舞台となるのは、信州那須湖畔にある那須市という架空の地方都市である。作中では人口十何万の「近代的都市」とされているが、「犬神家繁栄即那須市繁栄」というごとく、実態は犬神家が〝法律〟(作中では「事実上の那須市の主権者も同然であった」とも)であるともいうべき完結した一つの〝小宇宙〟である。

その犬神家の頭領である犬神佐兵衛の禽獣のごとき性生活の産物として、「〇〇の親は誰か?」「〇〇と××は血縁上、どういう関係なのか?」といった奇々怪々な血縁関係が何層にも積み重なってくる。そこに相続や結婚といった法律問題があれこれ絡んでくるのであるから、読者は謎解きに頭をひねる以前に、そうした登場人物の血縁関係・法律関係を追いかける段階で息切れしかねない。映画を観ただけの人ならば、なおさらである。

もっとも、これは本作に限ったことではなく、閉鎖的な地方社会における「家」と「血」をめぐる因果がおりなすドロドロの愛憎劇を売り物とする金田一シリーズに共通した特徴である。

そうなるとやはり、『犬神家の一族』をめぐって湧き上がる幾多の疑問を実際の法制度に照らして整理するには、犬神家および関係者の戸籍がどのようになっているのかを考察しなくてはならない。そう、この作品を読み解くカギは、ずばり戸籍にある。

戸籍と聞いて、その役割を即座に思い浮かべられる人はどれほどいるであろうか。端的にいえば、戸籍は「日本人」の身分証明となる公文書である。出生、死亡、結婚、養子縁組、離婚、離縁、帰化など、一生のうちに個人に生じる身分の変動を記録するものである。何より日本の戸籍の特徴は、「氏」を同じくする「家族」（現行法では、夫婦と非婚の子）が編製の単位とされている点にある。つまり、戸籍は親子の血統を証明する役割をもち、氏という家名を中心線として先祖から子孫へと続く〝家の系譜〟とされる。

したがって、本作にあらわれる犬神家の遺産相続や関係者の死亡をはじめ、妾《めかけ》、婚外子、婿養子、孤児、氏姓といった「家族」をめぐる諸問題、さらには犬神家関係者の徴兵や復員や戦死といった「戦争」をめぐる問題と、いずれも戸籍と不可分の関係にある。

そこで本書では、戸籍を軸として『犬神家の一族』という物語を読み解いていくことで、事件に関わる法律上の問題群を解明し、本作のもつ醍醐味を再検討してみたい。

まず第1章では、まず「犬神家」の相関図を整理した上で、『犬神家の一族』の舞台となっている時代はいつなのか、という問題を取り上げ、戦後日本における家と戸籍をめぐる法制度の転換点が物語といかなる関係を有するかについて議論する。

第2章では、物語の最大のキーパーソンというべき犬神佐兵衛の生涯を戸籍に焦点を当てて考察していく。出生から死亡まで波乱の人生を送った彼の戸籍がいかなる経緯をたどったのかを検討することで、日本の戸籍制度のもつ特質がまた明らかになるであろう。

第3章では、その佐兵衛の欲望の産物として幾人もの婚外子が生まれたことに注目し、物語に登場する婚外子の血縁関係を整理するとともに、家制度における婚外子の処遇を問い直す。

第4章では、本作で幾人もの婿養子が登場するという稀有な設定に鑑み、婿養子制度の意義を再考するとともに、日本の養子制度にあらわれた日本ならではの家族観について検討する。

第5章では、物語の背景にある戦争と犬神家の関係について概観するとともに、戦争という非常時において、兵士の戸籍がいかに処理されたのか、そして登場人物の戸籍等の個人情報はいかなる影響を受けたのかについて考察する。

以上の論題に取り組むことによって同時代の日本社会に根づいていた「家」や「血」と戸籍をめぐる秩序や価値観をあぶり出すとともに、それらの「近代日本」を支えてきた伝統や因習が戦前・戦後を通じていかなる連続と断絶をみせたかを浮き彫りにしたい。

もちろん、娯楽作品の重箱のすみを爪楊枝でほじくって粗探しをしようという野暮な試みをするつもりは毛頭ない。むしろ珠玉の探偵小説の舞台となった時代に生きていた法や慣習を検討することにより、あらためて「名作」の世界を多様な観点から吟味してみるのもまた一興ではなかろうか。

第1章

「犬神家」とは誰か

——家族制度の転換期の物語

1 「犬神家」とは誰か？——「家」すなわち「戸籍」なり

旧時代の「○○家」——紙の上の「家族」

あらためて『犬神家の一族』とは、絶妙のネーミングではないか。「犬神」という奇妙な家名が目を引くのはもちろんであるが、そこに加えて「一族」とくる。「一族」という言葉から連想されるのは、良くも悪くも血の共同体である。森鷗外『阿部一族』のように、血縁を団結の基礎として社会で勢力を築いていた武家や公家の時代ならともかく、現代において「一族」というと前時代からの遺風や因習を彷彿させる。この題名によって、本作において大家族と血縁をめぐる愛憎劇が物語のたて糸であると印象づけることに成功している。[1]

では一体、「犬神家の一族」とは、具体的に誰から誰までを指すのか。「○○家」という表現は今日でも使われる。だが、そもそも「家族」とは何であるかという定義は、現行の法律には存在しない。したがって、我々は日ごろ「家族」のみならず、「親戚」や「身内」といった言葉を自然と口にするが、それらがもつ意味はずいぶんと曖昧なものであるといわねばなるまい。

だが、明治憲法の時代、「家族」とは法的な定義が与えられていた。それは、民法に規定された制度としての「家」である。よって、「犬神家」の構成を理解するには、まず家制度について概観しておく必要がある。

基本的に「家族」をめぐる法律関係は民法によって定められている。周知のように民法は、結婚の要件、親族の定義、相続の手続きなど「私人」間の法律関係を定めた「私法」である。これに対し、個人と政府や自治体など公的機関との関係を規定する法律の総称が「公法」である。

近代国家における民法は、刑法や商法とならぶ不可欠の近代法として制定されたものである。だが、日本における民法の成立は紆余曲折の道程をたどった。

明治国家において民法の制定は、幕末に欧米と締結した不平等条約の改正を早々に実現するため、欧米に倣った立法を整備して「文明国」としての体裁を示すという対外的な目的によるところが大であった。そのため、「お雇い外国人」であるフランス人法学者のボアソナードが立法の中心を担い、フランス民法をモデルとした民法（「ボアソナード民法」の異名をとった）が一八九〇年に制定された。だが、「民法典論争」が沸騰した結果、同法は施行延期のままに終わり、「旧民法」として世にその名をとどめることとなる。[2]

死産となった旧民法に替わり、新たな民法各編が一八九六年および一八九八年に制定され、そのうち親族・相続編（一八九八年法律第九号。以下、「明治民法」とする）が一八九八年七月一六日に施行された。その同日に民法と不可分である戸籍法（一八九八年法律第一二号、以下「明治三一年戸籍法」）が施行された。[3]

では、明治民法において「家族」とはいかに定義されたのか。その第七三二条には「戸主ノ親族ニシテ其《その》家ニ在《あ》ル者及ヒ其配偶者ハ之《これ》ヲ家族トス」（傍点、筆者）と規定された。これによれば、戸主と同じ「家ニ在ル者及ヒ其配偶者」が民法上の「家族」ということである。

問題はここでいう「家」の意味である。一般に「家」というと「家屋」（house）を連想する向きも多い。だが、明治民法起草委員の一人であった法学者の富井政章《まさあきら》は端的に「家ハ戸籍ノコトヲ云《い》フ」[4]（傍点、引用者）と説明していた。

すなわち、明治民法の条文中に出てくる「家」という文言はそのまま「戸籍」と読み替えられる。例えば、「妻ハ婚姻ニ因リテ夫ノ家ニ入ル」（第七八八条第一項）、「子ハ父ノ家ニ入ル」（第七三三条）（いずれも傍点、筆者）という場合、それぞれ「妻は夫の戸籍に入る」、「子は父の戸籍に入る」という意味になるわけである。よって、同じ「家」（戸籍）にあることは、必ずしも同じ屋根の下に暮らすという意味ではない。

さらに明治民法は、第七四六条において「戸主及家族ハ其《その》家ノ氏ヲ称ス」と定め、夫婦、親子は氏を同じくすることが義務化された（いわゆる夫婦同姓はこの時から）。個人の苗字は、家名としての「氏」へと変換されたのである。ここにおいて、日本国民は一つの家に属し、一つの氏をもち、一つの戸籍に入るという「一家一氏一籍」の原則が打ち出された。

保守派の法学者・穂積八束が「家ヲ大ニスレハ国ヲ成シ国ヲ小ニスレハ家ヲナス」[5]（傍点、原文通り）と説いたように、家は国の縮図と考えられた。家は近代日本国家が個人を統制するための末端機構とされ、戸籍は〝家の登録簿〟としての役割を鮮明にするものとなったのである。個人は家の中でいかなる身分にあるかが戸籍に公示され、それによって個人の社会生活は左右されるものとなった。

同居しているか否かを問わず、氏を同じくする「家族」が一つの戸籍に記載されるという点でいえば、現行戸籍法（一九四七年法律第二二四号）でも変わるところがない。

ただし、一つの戸籍に記載されるのは、現行法では「親－非婚の子」の二代までであるのに対し、明治三一年戸籍法では、「親－子－孫」の三代（婚嫁でなければ子は婚姻後も戸籍に残れる）までとなっており、これを「三代戸籍」といった。戸主の父ないし母が存命であれば、「戸主－戸主の父／母－戸主の子」という構成の戸籍になる。また、例えば戸主の弟が婚姻後も家に残っていれば、弟とその配偶者（および子）も戸主と一緒の戸籍に記載される。

したがって、一つの戸籍に戸主、子、弟、姉妹、弟の妻、孫、甥、姪……と記載されていれば、実ににぎやかな「大家族」にみえるが、同居は無関係なので、まさに〝紙の上の家族〟といえた。

「犬神家の一族」の顔ぶれ

犬神家において連続殺人事件が発生するのは戦後のことであり、しかもそれは明治民法が改正されて以降の時期である（次節で詳述）。だが、犬神家関係者の出生や、既婚者の婚姻があったのはいずれも明治民法の施行期間である。このあたりに読者の頭の中をかき乱す要因があろう。

前述したように明治民法の規定に従えば、家制度の下での「犬神家」とは、戸主である犬神佐兵衛と同じ戸籍に入っており、「犬神」の氏を称する人々である。その顔ぶれを以下にみていこう（年齢は犬神佐兵衛死亡時のもの）。

まず、犬神家当主・佐兵衛である。佐兵衛は親も知らぬ孤児として育ち、放浪を重ねた挙げ句に流れついた信州の那須神社で神官・野々宮大弐《だいに》に保護された。やがて自らが一代で築き上げた犬神財閥の総帥として君臨するわけである。

佐兵衛の出自の詳細については次章で検討するとして、彼には犬神家の中に松子、竹子、梅子という三人の娘がある。ただし佐兵衛は生涯、正妻を娶《めと》らず、三人とも佐兵衛が異なる妾に産ませた婚外子である。しかも面白いのは、この異母三姉妹の夫はいずれも婿養子という設定である（第4章で詳述）。

佐兵衛の一番目の子、松子は五〇代前半で、夫は犬神製糸那須本店の支配人であったが、佐兵衛の死よりも一年早くに亡くなった。松子と夫との間に生まれたのが、息子の佐清（二九歳）である。ただし、どういうわけか、作中で松子の夫の名前は出てこない。金田一の作った犬神家関係者の系図でも「某」となっている。古館弁護士がその名前を知らないはずはないし、松子の戸籍謄本を見れば夫の名はすぐわかる話であるから、この点は不可解である。事件と無関係な故人であるからあえて名付けなかったのか、あるいは、ただ単に横溝正史が名前を考えるのが面倒臭かっただけなのかは定かでない。

二番目の竹子は、夫・寅之助との間に息子の佐武《すけたけ》(二八歳)、娘の小夜子《さよこ》(二二歳)がいる。寅之助は「五十がらみ」の風貌で、犬神製糸東京支店の支配人である。

三番目の梅子(三姉妹の中で「いちばん美しい」とある)は、夫・幸吉との間に息子の佐智《すけとも》(二七歳)がいる。幸吉は犬神製糸神戸支店の支配人である(寅之助とちがい、年齢については触れられていない)。

以上を整理すると、このようになる(年齢は佐兵衛死亡時のもの)。

①犬神佐兵衛　犬神家の戸主。両親は不明。未婚。八一歳で死亡。
②犬神松子　佐兵衛の婚外子。一番目の娘。五〇歳代前半。
③犬神某　松子の夫。婿養子。佐兵衛よりも一年早く死亡。年齢不詳。
④犬神佐清　松子の長男。二九歳。
⑤犬神竹子　佐兵衛の婚外子。二番目の娘。年齢不詳。
⑥犬神寅之助　竹子の夫。婿養子。年齢不詳。
⑦犬神佐武　竹子の長男。二八歳。犬神家第一の犠牲者。
⑧犬神小夜子　竹子の長女。二二歳。
⑨犬神梅子　佐兵衛の婚外子。三番目の娘。年齢不詳。
⑩犬神幸吉　梅子の夫。婿養子。年齢不詳。

⑪犬神佐智　　梅子の長男。二七歳。犬神家第二の犠牲者。

右の一一人が、明治民法下における犬神佐兵衛の「家族」、すなわち「犬神家の一族」である。人数だけを見れば、なかなかの大家族である。もっとも、那須の犬神家本邸に暮らしているのは松子一家のみで、竹子一家は東京、梅子一家は神戸と離ればなれに暮らしている。つまり、同居はしていないが、戸籍の上ではみな犬神家という〝一家〟である。

ただし、前述のように一九四八年施行の新戸籍法からは、一つの戸籍に記載されるのは二代までとなったので、それ以降であれば、「犬神家」は犬神佐兵衛／松子一家／竹子一家／梅子一家という四つの戸籍に分かれた一族となっている。

これらの「犬神家の一族」以外に、物語のキーパーソンとなる二人の人物がいる。

ひとりは、本作のヒロイン、野々宮珠世。彼女は佐兵衛の生涯の恩人、野々宮大弐の孫であり、二〇歳になる前に両親を亡くしてからは佐兵衛の下に引き取られていた。二六歳になる。

もうひとりは、本作のダークヒーロー（?）、青沼静馬（正しくは青沼姓ではない。第3章で詳述）。彼は、犬神製糸の工場の女工であった青沼菊乃が佐兵衛のお手つきとなって産んだ婚外子であり、二九歳である。したがって、静馬は佐清・佐武・佐智とは、年齢こそほぼ同じでありながら叔父と甥の関係になるわけである。

ここまで見た登場人物の血縁関係を一読してすべて把握するのは神業に近いであろう。横溝正史もその辺りを配慮し、原作の中盤に金田一の手による犬神家関係者の系図を載せている。これにより、読者は辛うじてその時点までに明らかになった基本的な血縁関係を整理することができる。

一九七六年映画版でも中盤、金田一が旅館の部屋で食事しながら系図を作成するというオリジナル・シーンを盛り込んでいるが、これは映画を貫く殺伐としたムードをひとときでも和ませる効果を放っている。だが、肝心の系図が映るカットは数秒しかないため、劇場で観ている人にとってはあまり役に立たなかったのではないか。

また、存命中の人物で年齢が明記されているのは、若い男女だけであることに気付くであろう。その意図はどこにあるのか？　臆測するならば、「結婚」が物語における核心的テーマのひとつなので、独身の彼らが適齢期であることを示したかったのか。あるいは、佐清・佐武・佐智が同世代の静馬の甥になるという〝血縁関係の妙〟を強調したかったのかもしれない。

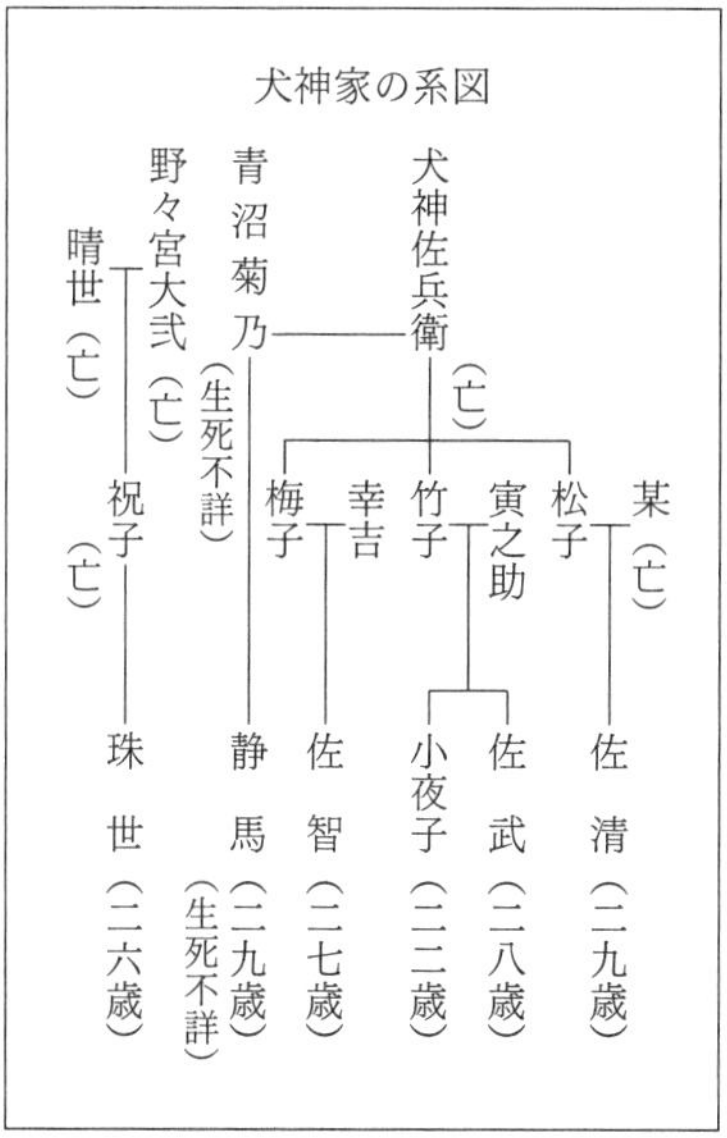

犬神家の系図（原作より）

犬神家の本家と分家？――薄っぺらな「一家」の絆

家は分けられるものでもある。よって、「犬神家の一族」といいながら、犬神家は「本家」と「分家」とに分かれていたという場合も想定はできる。「分家」とは、家を子孫（養子を含む）の間で分立させることであり、明治以前から武家や商家では、さかんにみられた慣習である。家は世代を経るごとに子孫も繁殖して家族の人数が増大するので、これを本家という大きな幹から枝分けしたのが分家である。

明治民法に規定された「分家」とは、戸主の家族が家を出て、氏は引き継いだまま一家を新設することである。分家した者は分家の戸主に収まる。ただし、前述のように明治民法にいうところの「家」とは「戸籍」と同義であるから、「分家」は「家を分ける」すなわち「戸籍を分ける」という意味にすぎず、必ずしも財産や住居を別にして生活することと同義ではない。つまり分家は形式上、独立したようにみえて、あくまで本家とともに「一家」をなすものである。

分家によるメリットとしては、分家した家族は本家の戸主の統制権から解放されることである。その上、分家しても本家との血族関係は変わらないので、本家戸主が死亡した時には分家戸主も家督相続の資格を有している。

もちろん、家族が分家するには戸主の同意が必要であった。また、跡取りとなるべき者（これを「法定推定家督相続人」と称した）は本家に留まらねばならないと定められていた（明治民法第七四四条）ので、分家が認められるのは基本的に二男以下であった。分家する者に配偶者と子がいる時、配偶者は随従して分家に入るのが当然とされたが、子は戸主の同意がないと分家に入ることは許されなかった。また、戸主が隠居してから二男以下を引き連れて分家するというケースもあった。

横溝作品において本家と分家の対立をたて糸とする物語として思い浮かぶのが、『獄門島』である。これは、瀬戸内海に浮かぶ獄門島を取り仕切る網元の名家、鬼頭家が本家と分家（人々から「本《ほん》鬼頭」「分《わけ》鬼頭」と呼ばれている）とに分かれ、家督相続をめぐる争いから連続殺人劇が引き起こされるというストーリーである。

だが、犬神家についていえば、鬼頭家のような由緒ある旧家とは異なり（次章で詳述）、本家と分家の対立などとは全く無縁である。とはいえ、戸主・犬神佐兵衛の家族が分家することは、佐兵衛が同意すれば法的に可能である。

では、前述した分家の規則に照らして犬神家が分家する場合について考えてみよう。家督相続人となるべき嫡長男は分家を許されない。だが、佐兵衛に嫡男はいないので、法定推定家督相続人となるのは、三人の娘のうち順当にいって年長の松子である。よって、松子は夫と佐清ともども本家に残らなくてはいけないので、分家できるのは竹子と梅子である。もしこの二人が分家した場合、前述の通り二人の夫は揃って婿養子なので、分家の戸主はそれぞれ竹子、梅子となり、竹子には寅之助が、梅子には幸吉が随従して入家する形となる。子の佐武、佐智、小夜子は佐兵衛が同意すればそれぞれの両親の戸籍に移る。

作中に「分家」という単語こそ出てこないものの、同じ父の血という紐帯でしか繋がりのない三姉妹だけに、それぞれの世帯が分立した「家」という意識があってもおかしくない。

その点に関していえば、興味深い記述が作中に散見する。まず、横溝正史は序盤で復員してきた「佐清」（正体は静馬であるが）を「犬神家の嫡流」と表現しているが、これは佐清を犬神家〝本家〟の後継者とみなす意味にとれる。

さらに、遺言書の公開に際し、ゴムマスク姿の「佐清」を偽者ではないかと疑う佐武や佐智らに対し、松子が「この佐清は、かりにも犬神家の総本家ですよ。総本家の跡取り息子ですよ。お父さんがあんなつまらない遺言状をかいておかなかったら、犬神家の名跡も、財産もすっかりこの子のものになっていたはずなんだ」（傍点、筆者）とまくし立てる場面がある。この「総本家」という松子の言葉には、自分たちこそが犬神家の「宗家」であり、竹子一家、梅子一家はしょせん「分家」であるという侮蔑意識すら垣間見える。

だが、繰り返しになるが、佐兵衛死亡時は家制度が廃止された後なので、法的には本家・分家という区分はなくなっている。いずれにせよ、本家も分家も一つの「家」をなすものの、祖先の祭祀などでしか家族が一同に会することはないという家も珍しくなかった。「犬神家」もせいぜい冠婚葬祭の時だけ集まる〝紙の上の「家族」〟であったことに相違はない。

2　犬神家と死亡届——届け出るのは誰の義務？

逆立ちする「スケキヨ」——死体に込められた謎かけ

たいてい探偵小説では、物語の終わるまでに二人以上の犠牲者が出るのが相場である。そこでは、死体の〝見せ方〟も事件を解明するための重要なヒントとなることが多い。

横溝作品の名物のひとつといえば、死体への謎かけを込めた〝見立て殺人〟である（第2章で詳述）。その醍醐味は、やはり映像化されることによってさらに増大する。『悪魔の手毬唄』では舞台となる村に伝承される手毬唄の歌詞、『獄門島』では与謝蕪村らの俳句、とそれぞれの文句に引っかけて死体が〝展示〟された。

なかんずく、『犬神家の一族』における「斧《よき》・琴・菊」に関わる死体の謎かけは、残虐さといい奇抜さといい出色である。ただ、そこは活字よりも映像の方が視覚的にインパクトをもつのは当然である。

例えば、犬神家で最初の犠牲者となる佐武である。犬神家の庭園には、犬神家関係者に模した菊人形（犬神家の使用人、猿蔵の製作）が飾られているが、佐武の人形の首が本人の生首とすげ替えられていた。次の佐智は松子に帯締めで絞殺されるが、その死体の首に琴糸が巻き付けられていた。いずれも一九七六年映画版では、かなり仰々しく映像化されていた（佐智の死体の発見場所は原作から改変されていたが）。

菊、琴とくれば、次は斧の番である。犬神家三番目の犠牲者となった「佐清」(実は静馬)は、那須湖の凍った湖面に上半身を突っ込んだ逆立ち死体となって発見された。死体には斧で撲殺された跡などもなく、斧の謎かけはどこにも見出せない。だが、「スケキヨ」の逆立ち死体こそが「ヨキケス」というメッセージであると金田一が解読し、ここに斧・琴・菊になぞらえた連続殺人事件が完結したものとなる。

一九七六年映画版では、湖面に両足だけ突き出した(原作よりも露出部分が少ない)逆立ち死体となっている。もっとも、こちらでは季節柄(秋であろう)湖面は凍っておらず、厚い藻屑にでも上半身がはまって固定されていなければ物理的にこの体勢を維持するのは難しい。

それはともかく、このニセ佐清の逆立ち死体は、宣伝用ポスターや映像ソフトのジャケットなど随所に使用され、すっかり映画のイメージキャラクターとなった。だが、映画では肝心の「ヨキケス」のメッセージについての説明が削られているため、「斧・琴・菊」の謎かけが中途半端になってしまったのが悔やまれる。これに対し、一九七七年テレビ版では、死体の腹部に油性ペン(?)で「ヨキケス」と書かれているが、ここまであからさまな〝ネタばらし〟はかえって興ざめというものである。

さて、物語における犠牲者たちの死亡は、戸籍においてどのように処理されたのか?

戸籍における「死亡」の届出——義務を負うのは発見者か、親族か？

まず考えてみたいのは、一人の人間が死亡することの法律的な意味である。それによって一個人の民法上の権利義務関係が消滅し、相続や配偶者の再婚などが可能となる。ゆえに国家は、個人の死亡は何人《なんぴと》であれ、法秩序に関係するものとして公式に記録する必要がある。

「死亡」という事実は戸籍に記載されることで、はじめて法的に有効なものとなる。呼吸も脈拍も停止し、万人の目からみて明らかな屍と化していても、戸籍に「死亡」と記載されない限り、その人は法的には「生きている」ものとなる。

映画『犬神家の一族』（1976年）の宣伝用ポスター

戸籍に死亡の事実を記載するために不可欠なのが、死亡届である。現行戸籍法によれば、死亡届は、死亡の事実を知った日から七日以内（旧法では五日以内）に死亡地の市区町村長にこれを届け出ないといけない。死亡地が外国であれば、届出期間は三カ月以内に延長される。

当たり前のことであるが、死亡は出生と同様、本人が届け出ることは不可能である。病院か畳の上で見守られつつ息を引き取るのではなく、ある者が路上や空き地などで死体として見つかった時、死亡の届出はどうなるのか。巷では、そのような変死体については第一発見者が届け出るべきものと誤解されることも多い。

死体がどんな形で発見されたにせよ、死亡届について第一に届け出の義務を負うのは死亡者と同居していた親族であり、それがいない時は単に同居していた者が義務を負う（現行戸籍法第八七条）。

明治三一年戸籍法においては、死亡届の届出義務は、第一に死亡者の家の戸主が負うこととされていた。これは戸主が死亡者と同居しているか否かを問わない。家制度においては、戸主が一家を統制する責任がそれだけ大きかったということである。よって、松子の夫の死亡（佐兵衛よりも一年早い）が一九四七年五月二日以前であれば、戸主である佐兵衛（その時まで家督相続が行われていないという前提であるが）がその死亡届を出すのが基本となる。

佐武と佐智の死亡届に関しては、彼らと同居している親族、すなわち松子、竹子、梅子、佐清（中身は静馬）、寅之助、幸吉、小夜子のうち、誰が届け出てもよい。

問題は逆立ち死体で発見された「佐清」の死亡届である。死体発見の時点で、それが実は静馬の死体であるとわかっているのは本物の佐清と殺害犯の松子以外にない。よって死体発見後、親族のうち誰かが早合点して「犬神佐清」の死亡届を出してしまう可能性もありえた。もしそれが役場で受理されたら、佐清は「死亡」として松子の戸籍から除籍され、彼の遺産相続の資格は露と消えてしまうわけである。

だが、死体発見から二日後、松子の供述によって死亡したのは佐清ではなく静馬であることが明るみになる。そこで佐清本人からでも戸籍訂正を申告すれば彼の戸籍は回復される。

静馬については、死亡時に同居する実の親族は皆無であった。自然に考えれば、松子の自白をじ

表1　本作における犠牲者（自殺も含む）

氏名	死因	死亡場所	死体発見場所	備考
若林豊一郎	毒殺	那須ホテルの洗面所	同左	
犬神佐武	絞殺	ボートハウスの展望台	那須湖	首は切断されて犬神邸庭園に飾られた菊人形の首とすげ変えられる
犬神佐智	絞殺	犬神家本邸前	豊畑村の空き家	死体は佐清が空き家に運んだ
津田静馬	絞殺	犬神家本邸内	那須湖	死体は「犬神佐清」として発見される
犬神松子	服毒自殺	犬神家本邸内	同左	

かに聞いた静馬の母青沼菊乃が死亡届を出すのが順当である。ただし、第4章で述べるように静馬は青沼家ではなく津田家の人間なので、死亡届が出されれば「津田静馬」の戸籍にその死亡が記載され、彼は除籍されるのである。

だが、もし松子が自白せず、佐清も名乗り出ず、事件の真相が闇のままであったら、静馬は「佐清」として末永く葬られ、菊乃はとうにこの世のものではない我が子の帰還を一日千秋の思いで待ちわびていたであろう。

死亡届とプライバシー——死人に鞭打つ戸籍?

ところで死亡届には一体、何が記載されるのであろうか。戸籍法第八六条によれば、死亡届には、死亡時刻、死亡場所のほか、法務省令で定める事項について記載するものとされている。法務省令にあたるのが一九四七年（当時は司法省）に施行された戸籍法施行規則（一九四七年司法省令第九四号）であり、これによれば、死亡届には死亡者の氏名・生年月日・住所・本籍などを記載すべきものとされている。死亡届の記載事項や届出義務者についてまとめると表2の通りである。

死亡届には死亡者の職業まで記載されるとなれば、佐清、佐武、佐智、静馬の職業は何なのかという疑問が頭に浮かぶ。犬神家の息子たちの職業については、作中に何の説明もない。大方、それぞれの父が支配人を務める犬神製糸支店に勤務していると考えるのが自然であるが、別に無職であったとしても生活に難はなさそうである。一方の静馬は、津田家の養子となり、中学を出てから就職したということであるが、どのような職種かは不明である。

それはさておくとして、やはり人が死んだら戸籍にはどのように記載されるかが問題となる。

表2にある通り、戸籍法では、死亡届を出すには医師による死亡診断書または死体検案書を添付することが必要であると定めている（第八六条第二項）。医師が死亡を確認し、診断の結果を記録したものが死亡診断書および死体検案書である。もし虚偽の死亡届が出されて受理されれば、現実に生きている人間が「死亡した」として戸籍から抹消されるので、このような事態を防ぐのがその目的である。犯罪や事故による変死の場合は、死因などを解明するために医師が死体の検視や解剖を行い、それに基づいて死体検案書を作成する。

したがって、同じ死亡でも変死の場合となると、おのずと死亡届の記載内容は異質なものとなる。まず、死亡時刻は推定とならざるを得ない。よって、戸籍にも「推定何年何月何日何時何分死亡」と記載される。明治前半にはその名も「変死届」という戸籍の届出も行われていた。

また、変死は死亡地についても特定し難い場合が少なくない。死亡地が不明の場合は、死体が最

表2　戸籍法第86・87条に基づく死亡届の内容など

記載事項	届出義務者	添付書類
①死亡時刻（年月日時分） ②死亡場所 ③死亡者の氏名 ④死亡者の性別 ⑤死亡者の生年月日 ⑥死亡者が外国人である時は、その国籍 ⑦死亡者の住所 ⑧死亡者の本籍 ⑨死亡者の配偶者の有無（「あり」ならその年齢、「なし」なら未婚、死別、離別の別も） ⑩死亡者の職業	①死亡時に同居している親族 ②死亡時の親族以外の同居者 ③死亡者の家主、地主、家屋もしくは土地の管理人	医師による死亡診断書 または 死体検案書

初に発見された地を死亡届に記載する。

かつては戸籍に死体発見地（河川、山林、線路など）がそのまま記載されることも多々あった。役場の戸籍係においては、戸籍に変死を想像させる記載を残すことは家族にまで及ぶプライバシー侵害となるという配慮が希薄であったとみられる。そのため、法務省民事局長が一九五三年に通達を出し、死亡地は地番があればそれで表示し、河川や線路上など変死をうかがわせる場所の記載は避け、従前にこの種の記述があったら消除するようにと指示していたほどである。[6]

本作における犠牲者は、弁護士若林豊一郎と自殺の松子を除けば、いずれも死体発見地と死亡場所が別である。死体を死亡場所から移動させたら、死体遺棄罪（刑法第一九〇条）となる。佐武は那須湖畔のボートハウスの展望台で、佐智は犬神家本邸の前で、それぞれ松子に殺されている。だが、佐武は生首のみが最初に発見され、首なし死体は那須湖に捨てられていた。佐智の死体は豊畑村の空き家（珠世を誘拐して強姦しようとした場所）で発見された。

なかんずく、那須湖で逆立ち死体となって発見された「佐清」（正体は静馬）の場合、佐清もしくは静馬の戸籍に「推定昭和二四年一二月×日×時×分長野県那須市那須湖にて死亡」と記載された可能性も大いにありうる。このような内容の戸籍を見たら、後世の子孫（静馬には子はいないが）はもちろん、第三者もあらぬ詮索をもよおすに違いない。自らの最期は畳の上で穏やかに迎えたいというのが誰もが抱くささやかな願いであるが、それも案外難しいことではある。

3 事件が起きたのはいつか？――敗戦から民主化へ、という激動

登場人物の年齢でわかる時代設定――「数え年」という慣習

『犬神家の一族』をめぐる大きな論点のひとつが、その時代設定はいつなのか、という点である。作中では、犬神佐兵衛が臨終を迎えたのは「昭和二×年二月一八日」とされている。そして連続殺人事件が起こるのは同年の一〇月から一二月にかけてである。

だが、「昭和二×年」などと曖昧にする必要がどこにあったのかという疑問が拭えない。時期をぼかしたところで、兵士の復員がまだ社会問題として自然であった時代ならば、終戦からそう年月が離れていないことは容易に察しがつく。

今日、インターネットに上がっている情報をみると、巻では『犬神家の一族』の時代設定は見当がつけられていることがわかる。それというのも、登場人物の年齢設定から、事件の時期を割り出すことができるからである。

ただし、年齢の計算法には「数え年」と「満年齢」の二通りがある点に注意せねばならない。満年齢は出生時を〇歳として、誕生日を迎えるごとに一歳加算していくのに対し、数え年は出生の時点で一歳とし、以後は元日を迎えるごとに一歳加算していく。したがって、数え年であれば、誰もが戸籍上の生年月日と無関係に、新年を迎えるたびに歳をとっていくわけである。極端な例をとれば、一二月三一日二三時五九分五九秒に誕生した子は、一秒後にはもう二歳を迎える。

満年齢は西洋で発祥した計算方法であり、世界的にはこちらの方が普及している。片や数え年は中国や朝鮮などにみられる東アジア特有の計算方法である。西洋のように物理的に出生時の年齢を「ゼロ」とするのではなく、人はこの世に生を受けた時点で「一つ」の個ととらえ、かつ元旦を「新たな年を迎える節目」とみなす思想がその背景にある。

この二通りの計算法を通して犬神家関係者の年齢をみていこう。例えば、野々宮珠世は「大正一三年」（一九二四年）に生まれ、佐兵衛臨終の時（「昭和二×年二月」）に「二六歳」とある。一九二四年生まれの珠世が二六歳の時となると、数え年ならば一九四九年、満年齢ならば一九五〇年（誕生日が佐兵衛の命日以前の場合）か一九五一年のいずれかである。

また、那須神社（作者の創作である）に保管されている犬神佐清の奉納手型（ゴムマスクの佐清が本物か否かを鑑定する時に利用される。後述）には「昭和一八年七月六日　犬神佐清　二三才、酉年《とりどし》の男」と書かれている。これによれば、佐清は一九二〇年（酉年）生まれであり、佐兵衛死亡時（二月）に二九歳とされているので、それは数え年計算だと一九四九年二月、満年齢計算だと一九五〇年二月ということになる。

日本では明治以前まで、旧暦に従って年齢を数え年で計算するのが一般的であった。江戸時代の戸籍というべき宗門人別帳にも数え年で年齢が記載されるなど、それは公文書でも使用されていた。しかるに、一八七三年一月一日より旧暦が太陽暦に改められた。これも、明治維新を迎えた日本にとって喫緊の国家的課題であった不平等条約改正のために西洋文化を模倣し、欧米から「文明国」として承認してもらうという政治的目的からである。太陽暦への転換に伴い、婚姻、成年、徴兵、参政権など法的な領域では満年齢が採用されるようになり、一九〇二年の「年齢計算ニ関スル法律」（一九〇二年法律第五〇号）において「年齢ハ出生ノ日ヨリ之《これ》ヲ起算ス」と規定され、満年齢での計算が義務づけられた。

とはいえ、法の定めがいかに変われど、民の習わしというものはそうたやすく変わるものではない。数え年の慣習はその後も地方の行事や個々の家のしきたりなどにおいて根強く生き続けた。それゆえ、一九四九年五月に「年齢のとなえ方に関する法律」（一九四九年法律九六号）が制定され、あらためて満年齢が公式な年齢計算法であることが規定されたのである。同法は一九五〇年一月一日に施行されたので、『犬神家の一族』の執筆開始時（一九四八年）は、まだ数え年計算も公的な場面やマスメディアにおいて通用していた時期にあたる。

また正史は、回想のなかで「昭和二〇年四月一日」に「時に私は四十四歳、家内の孝子は四十歳、長女宜子《よしこ》十八歳、長男亮一は十五歳、次女瑠美は七歳」であり（正史は一九〇二年五月生まれなので満年齢なら四二歳）、「むろん当時のことだから、全部かぞえ年である」[7]と書き添えている。そのくらい数え年は国民に定着していたということである。

以上を踏まえると、『犬神家の一族』の時代設定は「一九四九年」ということで落ち着きそうである。数え年で計算すれば、犬神佐兵衛は一九四九年二月に八一歳で没したので、一八七〇（明治三）年生まれとなる。また、犬神家関係者のなかで最年少の小夜子（二二歳）は、一九二八（昭和三）年の誕生となり、唯一の〝昭和世代〟である。

なお、今日でも七五三や長寿の祝い、厄年や享年などの数え方では、満年齢ではなく数え年を用いる風習は残っている。もっとも、外国人からすれば、日本人の年齢計算は元号が絡むだけでもややこしいのに、数え年の慣習まで混ざってくると輪をかけて混乱するにちがいない。

民法改正という大変革——家督相続と遺産相続

『犬神家の一族』の連続殺人事件が起こったのが一九四九年とすれば、それはいかなる時代であったか。

世界を見渡すと、東西冷戦が深刻化をみせており、ヨーロッパではドイツが東西に分断された結果、五月にドイツ連邦共和国（西ドイツ）、一〇月にドイツ民主共和国（東ドイツ）が成立した。東アジアでは一〇月に国共内戦を制した中国共産党が中華人民共和国を樹立した。

日本はといえば、いまだ占領下にあったが、占領軍は反共色を鮮明にし始め、「逆コース」の流れが現れた前年から吉田茂（民主自由党）を首班とする保守政権が舵を取っていた。社会に目を向けると、湯川秀樹（京都大学教授）の日本人初のノーベル賞受賞（物理学賞、一一月）や古橋廣之進《ひろのしん》の全米水上選手権での世界新記録による三冠（八月）という敗戦の重圧をふき飛ばすかのような快挙に沸く一方、下山事件（七月）、三鷹事件（八月）、松川事件（同）と相次いだ国鉄関係の怪事件に揺れた年である。

しかし、一九七六年映画版では冒頭に「昭和二二年」（一九四七年）というテロップが出され、佐兵衛の死亡は「昭和二二（一九四七）年二月」に改変されている。この一九七六年映画版以降、ほとんどの映像作品が右へならえとばかりに「昭和二二年」の時代設定を踏襲するようになった。これは原作よりも約二年さかのぼらせたと考えるべきなのであろうか。

実は否、である。監督の市川崑は、一九七六年映画版のパンフレットの中で、「時代設定を原作のままの昭和二二年にしたのも、戦争の刻印というものが登場人物の運命にかかせないからである」（傍点、筆者）と述べている。つまり、市川をはじめ製作者側は、原作の時代設定は一九四七年であると理解していたわけである。その根拠は不明であるが、前述したように登場人物の年齢を数え年ではなく満年齢で計算した場合にはあり得ることである。

これについて、肝心の横溝正史はといえば、「こんどの『犬神家の一族』は、原作に忠実な映画化です」[8]（傍点、筆者）と語っており、一九四七年という時代設定について異論はないようである。

仮に物語の舞台を一九四七年とするならば、法社会的な状況が相当に違ってくる。一九四七年といえば、五月三日に日本国憲法が施行された年である。この新憲法は国体観念や家父長制など明治憲法下で是認されてきた数々の秩序や価値観を放棄するものとなり、それまで国民生活をつかさどってきた諸々の法体制がたたみ掛けるように変革されていった。そのなかで家族法も例外なく大きな転換点を迎えたのであるが、ここが物語の展開に重要に関係してくる。というのも、本作における連続殺人事件の原因となったのは、犬神家の相続問題だからである。

明治民法における相続は家督相続と遺産相続の二本立てになっていたが、家において圧倒的に重要となるのは家督相続である。家督相続は、戸主の死亡・隠居・日本国籍喪失などの原因によって発生し、家督相続人が戸主からその地位とともに全財産を相続するものであった。家督相続順位の第一位は嫡出の長男であるから、彼が戸主より先に死亡したり、彼の精神や身体に重大な障害があったりということでもなければ、戸主の妻や二男以下に相続の権利は与えられなかった（これを「嫡長子単独相続」といった）。

一方の遺産相続は、戸主以外の家族が死亡した時にその遺産の相続が発生するもので、被相続人の直系卑属（つまり子、孫、曾孫……）が第一に優先され、配偶者はその次であった。つまりは、いずれの相続においても優先されるのは嫡出の長男であった。

かかる家制度を否定したのが、他でもない戦後の新憲法である。その第二四条において個人の尊厳と男女の本質的平等が規定されたことにより、男尊女卑の価値観と、戸主（基本は男子）の家族に対する統制権を基軸とする家制度は廃止されるべきものとなった。

いきおい民法の全面改正が進められたが、新憲法施行までに間に合わなかったため、とりあえず「日本国憲法の施行に伴う民法の応急的措置に関する法律」（一九四七年法律第七四号）が新憲法と同じく一九四七年五月三日に施行された。ここにおいて戸主の地位をはじめ、家督相続、妻の能力の制限などの新憲法に抵触する民法の規定が廃止された。続いて民法および戸籍法が改正され、そろって一九四八年一月一日に施行された。

家督相続が廃止されたことにより、新民法における相続は遺産相続一本となった。ここで導入されたのが、均分相続の原則である。被相続人に子が複数いる場合、一人ずつ均等に相続分が与えられるものである。

だが、前述の通り、一九七六年映画版では佐兵衛の死亡が一九四七年二月に改変されている。これはまだ明治民法の施行時期であるから、戸主・佐兵衛の死亡と同時に家督相続が開始されなければならない。

にもかかわらず、いずれの映像作品においても、「犬神家の全財産、ならびに全事業の相続権」という原作と同じ文言が使われており、家督相続の「カ」の字も、戸主の「コ」の字も出てこない。「犬神家の全財産の相続」という表現をもって「家督相続」を暗示しているのかと思いきや一九七六年映画版のパンフレットをみてもやはり「莫大な遺産相続にまつわる不吉な争い」などと書かれている。それならば明らかに民法改正後の話であるとしか考えられないので、時代設定は原作通りに「昭和二×年」と曖昧にしておく方がまだ妥当であった。

だが、民法改正の話は別にしても、後述のように「敗戦後」という未曽有の時代背景を克明に伝える上では一九四七年という時代設定の方が適切であると考えられるのである。

佐兵衛の遺言は有効か？

サスペンスドラマにおいて、遺言は犯罪や紛争を引き起こす〝ツール〟としてしばしば利用される。犬神家に血の惨劇をもたらした元凶となったのも佐兵衛の遺言であるが、これについて法的な手続きに照らしてみると、いくつかの疑問が浮かんでくる。

一九四七年の民法改正は家族法の大きな転換点であると先に述べたが、こと遺言に関する規則については新旧民法で大きく変わるところがない。

佐兵衛の遺言書は、犬神家の顧問弁護士である古館恭三が作成したものである。遺言書は遺言者本人が作成してもよいのであるが、その内容が法律上のトラブルを招かぬように万全を期して弁護士に作成を依頼する人も多い。

現行民法によれば「遺言は、遺言者の死亡の時からその効力を生ずる」（第九八五条）とされている。ただし、遺言が執行されるには、また別に法的な手続きを要する。民法では、「遺言書の保管者は、相続の開始を知った後、遅滞なく、これを家庭裁判所に提出して、その検認を請求しなければならない」と規定されている（第一〇〇四条第一項）。

「検認」というのは、相続人に対して遺言の存在およびその内容を知らせるとともに、遺言書の形状、加除訂正の状態、日付、署名など遺言書の現在の内容を明確にする手続きである。これにより、遺言書が遺言者の意思に反して偽造や改ざんがなされることを防止するというのが、その目的である。

この検認の手続きを経なければ遺言は執行できないというのが、明治民法から続く原則である（戦前は家庭裁判所がなかったので、相続が行われる場所の管轄区裁判所が検認した）。しかし、古館が佐兵衛の遺言書を公開するまでは、松子を除く相続関係者全員がその内容を知らなかったのであるから、裁判所による検認が行われていなかったと考えるしかない。あるいは、三姉妹は検認に立ち会ったものの、極度の興奮や緊張により遺言の内容がまったく頭に入らなかったというのか？

また、封印のある遺言書は、家庭裁判所において相続人等の立会いの上で開封しなければならないとも規定されている（民法第一〇〇四条）。これに従えば、佐兵衛の遺言書は犬神家本邸ではなく、家庭裁判所で開封されなくてはならない。よって、松子が若林弁護士を買収して公開前の遺言書の写しを手に入れたのは違法行為となり、松子が若林を殺したのは口封じのためということであるが、果たして殺す必要まであったかといえば首を傾げるところではある（若林が珠世に懸想していたという事実も犯行動機との関係性が弱い）。

そして、遺言の内容についてである。それがいかに荒唐無稽な内容であれ、被相続人が遺言に示した意思は極力、尊重されるべきものとなる。近代私法においては「私的自治の原則」といって、個人間の法律関係（私法関係）については個人の自由意思に基づいて決定されることが原則とされるのである。それでも古館は佐兵衛の遺言書を作成する時、そのあまりに非常識な内容に、これでは遺族を憎悪の争いに向かわせるようなものだと佐兵衛に諫言したが、頑として耳を貸さなかったという。

しかしながら、遺言の尊重も無制限に認められるというわけではない。いくら家庭の「私的自治」に委ねるといっても、遺言者の指定した相続人が単独で全財産を分捕ったり、遺言者が相続人を無視して全財産を赤の他人に遺贈したことにより、一切相続にあずかれなかった相続人が窮乏に陥るような事態は防がねばならない。

そのような場合の救済策として、明治民法において「遺留分」の制度が設けられた。これは相続人に一定額の遺産の分与を保障するもので、遺言によって一銭の取り分も与えられなかった相続人は、遺留分を請求する権利が認められた。遺留分は家督相続と遺産相続のどちらにも適用され、被相続人の子は遺産の二分の一（子が複数の時は、これを人数分に均分する）を遺留分として与えられた。

遺留分制度は、戦後の新民法の下でも変わることなく残された。したがって松竹梅は、そんな遺言状はニセモノだなどと古館に嚙みつく前に、堂々と各自の遺留分（この場合、六分の一ずつとなる）を請求すればよいのである。彼女らがそういう制度があるとは知らなかったのであれば、古館がきちんと説明してやるのが顧問弁護士としての務めであり、さすれば、あのような血の惨劇をみることもなかったかもしれない。もっとも、松子らが遺留分だけでは不足だと憤ったら、また話は別であるが。

犬神家の一族を血みどろの闘争に向かわせた一片の遺言書であるが、右のように法的観点から見出せる穴は少なくない。だが、それもリアリズムよりも娯楽性に重きを置く探偵小説ならではの御都合主義というひとつの持ち味として大様にながめるべきなのかもしれない。ひとまず、古館がそれほど敏腕弁護士ではなかったことが物語を泥沼化させていく上で功を奏したと納得しておくとしよう。

4　犬神家の戦前・戦後——日本製糸業のあゆみとともに

信州生糸王国の栄光と没落——犬神製糸の命運はいかに

犬神佐兵衛は、乞食の身から全国に名を轟かす犬神製糸という大企業を興し、信州那須に生糸王国を築き上げた。だが、経済史の観点からすれば、日本の製糸業の歴史は山あり谷ありであり、戦前・戦後を通じて犬神製糸の歩みがそれほど順風満帆であり得たのかという疑問がつきまとう。

そもそも生糸は、絹織物という贅沢品の原料であるから、その需要は景気の動向に左右されやすい。しかも生糸は国内向けではなく、米国を主とする外国市場を射程としていた製品であるから、輸出相手国の景気次第でその価格は〝暴れ馬〟の如く乱降下した。日露戦争（一九〇四―〇五年）後に製糸業は器械化が進んで能率化し、また米国の絹製品が大量生産化の路線に乗るや、生糸の需要も飛躍的に伸び、製糸業は日本の代表的な輸出産業に成長した。

この製糸業の発展は、国内の交通網の整備を招来することにもなった。長野県のほか、群馬、山梨、埼玉の各県と東京の間で生糸を輸送する手段として鉄道が次々と整備されていったのである。主なところでは、高崎線（一八八四年）、甲武鉄道（一八八九年、現在のJR中央線）、上野鉄道（一八九五年、現在の上信電鉄）、横浜鉄道（一九〇八年、現在のJR横浜線）などである。

第一次世界大戦（一九一四―一九年）において日本はイギリスの同盟国として参戦し、戦勝国となった。大戦中から国内では空前の好景気を迎え、いよいよ製糸業も隆盛を極める。この背景には当時、米国では婦人の間で短いスカートが流行し、太ももが露わにならないように伸縮性に富んだ絹の長靴下（ストッキング）の需要が一気に増大したことがあった。日本産生糸は米国への輸出が一気に伸び、絹の靴下に形を変えて流行の先端を担ったのである。この勢いに乗じて犬神製糸も大きな飛躍を遂げ、一流企業にのし上がったわけである。

だが、大戦景気が収束すると、日本の製糸業にも陰りが見えだす。一九二九年に入ると養蚕農家は国内農家戸数約六〇〇万戸の約四割にあたる約二二一万戸に膨れ上がったが、同年秋に米国を発端とする世界恐慌で一気に運気が傾いていく。これにより繭および生糸の価格が暴落し、日本国内の製糸業は大きな打撃を受けた。早くもその翌年には、山一林組、山十組、小口組という長野県下の大手製糸会社三社が倒産に追い込まれている。

かくして、うなぎのぼりの発展をみせてきた信州の製糸業は一気に下り坂を転げ落ちていく。一九三〇年代以降、製糸業は女工の解雇・失業が増えるとともに工場や釜の数は減る一方という斜陽産業の色合いを深めていった。

一九三九年五月に第二次世界大戦が勃発し、日本がドイツ・イタリアの同盟国（枢軸国）として参戦したことにより、日米間にかつてない緊張が生まれる。そして一九四一年七月に資源供給先を求めて日本が南部仏印（フランス領インドシナ）に侵出したことで、日米関係の悪化は極限を迎え、ついに同年一二月に日本の真珠湾攻撃によって太平洋戦争に突入する。米国という大口の輸出先を失ったことで日本の製糸業は八方塞がりに陥った。その上、緊迫した戦時体制において製糸業はもはや不要不急の産業という烙印を押され、製糸工場は首都圏から疎開してきた機械や化学などの軍需産業へと転用されていった。

このように戦争の進行とともに信州の生糸王国が没落への一途をたどっていく中で、犬神製糸も例外なく苦境に立たされたはずである。作中、それを匂わせる記述もないわけではない。佐智の死体発見地となる豊畑村を紹介するくだりで、「ちかごろのように、生糸の輸出が不振をきわめると、村全体、とんと火の消えたような状態である。もっともこれは、必ずしも豊畑村にかぎった問題ではなく、那須湖畔一帯が、いま直面している、苦悩多き宿命なのだが」として、犬神製糸の栄光と那須の繁栄にも終焉がみえたことをほのめかしている。

何しろ敗戦後には、いわずと知れた財閥解体の嵐が待ち受けているのである。犬神家の命運や、いかに？

「敗戦後」という特殊状況――さまざまな戦争の災禍

前述のように、『犬神家の一族』の連載開始は、一九五〇年一月のことである。日本の敗戦から五年足らず、国内外の随所にまだ戦争の傷跡が生々しく残っていた時期である。

物語の舞台となったのは、長野県信州郡の那須湖畔にある那須市である（金田一シリーズで長野県を舞台にした作品には他に『不死蝶』がある）。信州郡、那須市、那須湖と、すべて正史の創作であるが、長野県の湖畔にある生糸の名産地という共通点からして、諏訪市がそのモデルと考えられる。

戦時中の長野県といえば、東京をはじめとする都市部からの学童疎開の受け入れ先（筆者の父も長野県に疎開していた）として重要な地域であった。その記憶が強いせいか、あまり知られていないものの、終戦直前の一九四五年八月一三日に長野市と上田市は米軍による空襲を受けている。

やはり長野県と戦争を語る上で有名なのは、幻に終わった「松代大本営」であろう。戦況が悪化する一方の一九四四年、「国体」護持を図る日本政府は本土決戦に備え、天皇の住まう宮城とともども大本営を長野飛行場近くの松代（現長野市松代地区）の地下壕に移転する計画を立てた。同年一一月から二億円ともいわれる巨費を投じて「松代大本営」の建設工事が進められ、突貫工事によって八割方完成したところで敗戦を迎えた。建設工事には七〇〇〇人ともいわれる朝鮮人労働者が動員され、過酷な労働環境により相当数の犠牲者を出したとみられる。

さて、『犬神家の一族』には、次のような戦争に関連したエピソードが登場する。

①犬神佐清と青沼静馬は何度も召集を受けており、一九四四年の最後の応召においてビルマ戦線で偶然に知り合い、懇意となる。だが二人がそれぞれ所属していた部隊は全滅し、ともに生死不明となる（一九七七年テレビ版では、二人は同じ部隊に所属していたが、部隊は全滅し、静馬についてのみ佐兵衛死亡の二カ月前に戦死公報が出されるという設定に変えてある）。

佐清は終戦直後に松子に生存を知らせる便りを送っていたので、犬神佐兵衛の遺命により、遺言状は佐清の復員をまって公開されることとなる。

②静馬は顔にひどい戦傷を負ったことを逆に利用し、佐清よりもひと足先に復員すると、顔を覆うゴムマスクのトリックで佐清になりすまし、犬神家の乗っ取りを企む。松子はそれを疑う由もなく、ゴムマスク姿の「佐清」をニセモノだと疑う犬神家の人々を「佐清はお国のために戦って顔にひどいケガを負ったから、こんなマスクを被らせているのだ」と一喝する場面が一九七六年映画版にある。

③ゴムマスクを被った佐清の本人鑑定に利用されるのが、那須神社に保管されていた佐清の奉納手型である（本人鑑定の際には、静馬は後から復員してきた佐清本人と巧みに入れ替わる）。
奉納手型というのは一般になじみがないが、那須市では出征する男子が「武運長久」を祈って手型を押した絵馬を奉納するという慣習があったためである。

④静馬が佐清になりすまして復員したことが露見する前の話であるが、古館弁護士によれば、戦地で消息を絶った静馬がどの部隊に所属し、どの方面へ派遣されたのかも不明であった。古館は、そうした情報は終戦の混乱で書類などが散逸して全然わからないのだと説明している。

⑤佐武が殺された夜、那須の旅館には顔を隠した復員風の男（正体は佐清）が泊まっていた。彼が旅館の部屋に残していった血染めの手ぬぐいには「復員援護、博多友愛会」と染め出してあったことから、男は博多に復員したことが明らかになる。
警察は男の身元について、博多復員援護局（正式には「博多引揚援護局」であり、それも一九四七年五月に閉鎖されている）に照会し、復員船の乗員名簿から男の名前（もちろん偽名）や住所（東京にある松子の別邸）を割り出している。

⑥犬神家関係者の中では、佐清、静馬のほか、佐武と猿蔵も召集された経験の持ち主である。だが、

佐武は「運がよくて」ずっと内地勤務であり、終戦は千葉のあたりで迎えたという。また、猿蔵も台湾で終戦を迎えたが、彼も「運がよくて」一九四五年一一月に復員している。

⑦松子の琴の師匠として犬神家本邸に出入りする宮川香琴《こうきん》が、実は青沼菊乃であることを本人から聞くまで知らなかった古館は、なぜそれに気がつかなかったのかと橘署長から問われると、戦災があったせいだと弁明する。すなわち、戦災によって戸籍などの資料が焼失したり散逸してしまったため、関係者の身元調査が不十分とならざるを得なかったことを示唆している。

とりわけ静馬が養子に入った津田家（夫婦のみ）は、青沼母子の過去と現在を知る貴重な証人であったが、他に身寄りが一人もない上に、その夫婦も空襲で死亡してしまった。そのため、青沼菊乃の消息を知る術が絶たれてしまった。

⑧博多へ復員してきた佐清が、自分のニセモノが犬神家に入り込んでいることを知るのは、博多の復員者収容所で読んだ新聞からであった。これについて、自らも復員経験がある金田一は次のように説明する。復員者が内地に帰還して最初にやることは、新聞を読むことである。復員者は誰でも内地の情報に飢えており、その飢えをみたすために収容所はどこでも新聞の綴じ込みを備えつけておいたのである。

以上のように、本作では「敗戦からまだ数年後」という時代状況を印象づけるエピソードが目に付く（①、②、④、⑦については第5章で詳述する）。だが、それも一九四九年という時代設定であれば、「終戦」後の混沌や喪失感を描くには時間の経過が大きいことは否めない。例えば、①のように日本軍が壊滅的敗北を喫したビルマ戦線にあった佐清・静馬が未復員のまま三年半も経過しながら、戦死公報が出されていないというのは不自然であるし、⑤にいたっては事実と合致していない部分がある。

かく考えてみると、映像版が物語の時代設定を一九四七年へと二年さかのぼらせた（製作者の側では一九四七年が原作通りと考えていたことは既述の通りであるが）メリットとしては、「戦後」という特殊状況の描写により現実味を与えたという効果である。ただ逆に考えれば、一九四九年という時期でもまだ戦争により個人情報がさまざまに錯綜したカオスから脱していなかったとすれば、それもまたひとつの「戦後」のリアリティといえるかもしれない。

犬神財閥はなぜ生き残った？——「民主化」の嵐と無縁の一家

日本の「戦後」という時代を「敗戦後」という視点からとらえ直す時、とりもなおさずそれは占領軍による敗戦国日本の「民主化」という色合いを濃くする。そうした視点に照らしてみると、本作にはひとつの疑問を禁じ得ない。それは、犬神製糸がなぜ戦後も生き残ったのか、である。作中で語られるのは、もっぱら犬神財閥の歴史における〝光〟の部分であり、〝影〟の部分は伏せられている。

一九四五年八月三〇日に日本に設置された連合国軍最高司令官総司令部（以下、「ＧＨＱ」）は、対日占領政策において数々の「民主化」を断行していくが、その目玉の一つが「財閥解体」であった。米国政府は、財閥の存在を日本における軍国主義のひとつの温床とみなし、一九四五年九月二二日に発表した「降伏後における米国の初期の対日方針」のなかで、日本経済の中核を占めてきた大企業グループの解体をうたっていた。その目的は、同族経営による独占的大企業を解体することで、自由競争に基づく健全な資本主義社会を生み出そうというところにあり、いうなれば経済の「民主化」である。これは、血縁関係をもって経営を掌るという家の思想を企業から払拭するものでもあった。

かかる方針の下、ＧＨＱは一九四五年一一月に財閥解体指令を発し、日本政府もやむなくこれに従った。財閥解体の実施機関として一九四六年四月に「持株会社整理委員会」が発足し、同委員会から指定された持株会社（つまり財閥本社）や財閥家族は所有する株式を処分されることとなった。同年九月に三井・三菱・住友・安田の四大財閥と富士産業の五社が指定されたのを皮切りに、一九四七年九月までに持株会社に指定されたのはのべ八三社にのぼった。

さらに、一九四七年四月に施行された独占禁止法（一九四七年法律第五四号）によって、単独企業が特定の市場を独占する「私的独占」は禁止された。加えて同年一二月には各産業部門で独占的な力をもつ巨大企業の分割を目的とする過度経済力集中排除法（一九四七年法律第二〇七号）が施行され、一一社が解散ないし分割の対象となった。

この一連の財閥解体政策によって、程度の差はあれ、多くの財閥が手足をもがれ、牙を抜かれたわけであるが、そんな猛烈極まる逆風の中で犬神財閥は微動だにしなかったのか？

信州の財閥といえば、諏訪を拠点に一八七三年から製糸業を興し、二代目社長・片倉兼太郎《かねたろう》が「シルク・エンペラー」としてその名を轟かせた片倉財閥がある。明らかに犬神財閥のモデルは、この片倉財閥であろう。「郷土産業に基礎を置き、血族的な縁辺で結成された土豪財閥の尤《もっと》もなるもの」[9]と評されるように、諏訪の片倉家一族が経営の一手を握り、製糸業以外にも紡績業をはじめ、金融、電気、鉱業、不動産などにも事業を拡大していった片倉財閥であるが、敗戦後は財閥解体の対象としてご多聞に漏れず、一九四七年に解散の憂き目に遭っている。

作中、犬神製糸の資本金や傘下会社うんぬんの説明は一切ないものの、犬神財閥は「日本の生糸王」こと犬神佐兵衛が掌中に収める「押しも押されぬ日本一流の大会社」「信州財界の一巨頭」といった記述は片倉財閥を彷彿させる。それほどの権勢を誇った財閥一家だけに、前述のような幾重にも及ぶ財閥解体の網をくぐり抜けて無傷のまま生き残れるとは到底、考えにくい。

たしかに財閥解体の標的とされたのは、軍需産業として発展を遂げるとともに、何らかの形で軍部と結びつき、戦時体制を支えた重化学工業部門の企業が多い。もっとも、軽工業部門ながら解散を命じられた王子製紙の例もある。

犬神財閥が軍部と蜜月関係にあったとは作中に語られてはいない。だが、一九七六年映画版では、犬神製糸は「犬神製薬」に改変されており、犬神製薬が信州を牛耳る一大財閥にのし上がったのも、ケシから製造した麻薬を軍部に多売して暴利を貪ったことが理由とされている。つまり、犬神佐兵衛は軍部との癒着によって巨万の富を築いたのであり、いわば〝死の商人〟という闇の部分があってこその栄華であった。これを黙って見過ごすGHQではあるまいが、映画もそれ以上、犬神製薬の暗躍の顛末について掘り下げることはない。

戦後の民主化において鉄槌を下されてしかるべき財閥一家が、財閥解体などどこ吹く風とばかりに豪奢な生活を続け、あまつさえ莫大な遺産の争奪戦に血道を上げている風景は、何とも時代錯誤の様相を呈しているではないか。

このように、本作において横溝正史は「敗戦後」という日本における革命的な意味をもつ転換期を、あくまで「戦後」という一般的な視点に落とし込んだ上で、犬神家を取り巻く人々の運命を狂わせた元凶のひとつとして〝利用〟しているにすぎない。まして、そこに軍国主義への反省や批判といった政治的・社会的視点を挿入することはない。せいぜい金田一や古館の言葉の中に「あの戦争さえなかったら」というありきたりな悔恨を滲ませる程度である。

その辺りは、松本清張に代表される、人間の日常をつぶさに描写し、犯罪の謎解きのなかに腐敗や差別といった社会の暗部を告発する視点を散りばめた社会派推理小説とは趣向を異にするところである。だが、本作において平板な「戦争」の描き方に終始しているのは、探偵小説において追求すべきは社会性や政治性よりも、あくまで謎解きという娯楽性である、という横溝正史のこだわりであり、また彼の本領とみるべきかもしれない。

第2章

犬神佐兵衛の戸籍

——孤児に始まり、家長に終わる

1　佐兵衛は〝捨て子〟？——親も生まれも知らぬ身で

犬神佐兵衛の生い立ち——乞食から生糸王へ

犬神家に血の雨を降らせた張本人といえば、犬神家の当主・犬神佐兵衛をおいて他にはいない。この佐兵衛がまた相当に数奇な生涯を送った人物である。彼がこの世に生を受けてから、鬼籍に入るまでの約八〇年をあれこれほじくってみると、だいぶ面白い論点が噴き出してくる。

何より筆者の関心を引いたのは、犬神佐兵衛の出自である。作中、彼の経歴に関する〝資料〟として取り上げられているのが、犬神奉公会（この組織に関する説明はないが、よく名士の死後にその財産の管理などを目的に設立される「〇〇財団」のたぐいであろう）によって刊行された『犬神佐兵衛伝』という伝記本である。

この『犬神佐兵衛伝』によれば、佐兵衛は幼くして孤児となった。「かれは自分の郷里を知らない。いったいどこの生まれなのか、両親が何であったか、それすらもわきまえない。第一犬神という妙な姓からして本当のものかどうか明らかでない」とまで書かれている。

これを読んで、生まれた場所も生みの親も知らない人間には、まともに戸籍などないのではないか？などと想像をかき立てられる読者はどれくらいいるであろうか。

佐兵衛が各地を乞食同然に放浪した末に信州の那須湖畔に流れついたのが、一七歳の時である。那須神社の拝殿の床下で野垂れ死ぬ寸前のところを同神社の神官野々宮大弐に助けられた佐兵衛は、そのまま彼の下に身を寄せる。[1]

やがて野々宮家を出て製糸工場で働き始めた佐兵衛は仕事の覚えが早く、商業と製糸業のツボを会得すると独立して犬神製糸を起業する。その際に佐兵衛に出資して縁の下の力持ちとなったのが野々宮大弐である。

第1章で述べたように、一九世紀末から日清・日露戦争、第一次世界大戦を経て日本の国力が充実していく道程と歩を合わせ、生糸は日本の輸出品の中軸と担うものとなり、犬神製糸もとんとん拍子に日本屈指の大企業にのし上がっていく。かくして犬神佐兵衛は押しも押されぬ犬神財閥の領袖となったのである。

日本という社会は、家柄や血縁が個人の出世や昇進に寄与するところがすこぶる大きい。その反面、否、だからこそというべきか、豊臣秀吉や田中角栄にみられるような家柄や学歴と無縁の人間が一国の頂点にのぼりつめるというサクセスストーリーを好む傾向も強い。そうした趣向をもつ日本人にとって、乞食同然の身から「日本の生糸王」にまで成り上がった佐兵衛の人生は魅力的に映ると横溝正史は考えたのかもしれない。だが、その性癖の特異さに目を向ければ、佐兵衛に共感を覚える日本人はそういないであろう。

「孤児」という設定の魅力――「成り上がり」の美学

さて、ここで検討してみたいのは、「孤児」とは実質的に何であるかという点である。

小説、映画、漫画などにおいて主人公が「孤児」であるという設定は数多い。幼い主人公が成長の過程において貧困や虐待といった逆境から這い上がっていくという〝上昇〟と、不遇の幼少期とは打って変わって人生の成功を収めるという〝逆転〟の物語、いうなれば「成り上がり」のサクセスストーリーを描くには「孤児」という設定はおあつらえ向きであろう。

ただし、「孤児」と一口にいっても、佐兵衛のようにまったく生みの親を知らぬ場合と、幼くして両親と死別ないし離別した場合とでは、境遇がまた異なってくる。

有名な文学作品をみると、モンゴメリの『赤毛のアン』、ディケンズの『オリバー・ツイスト』、マロの『家なき子』、バーネットの『秘密の花園』、近年では『ハリー・ポッター・シリーズ』などの主人公は、いずれも後者である。

犬神家の使用人、猿蔵も後者の意味での孤児である。猿蔵は五歳で両親を亡くし、それを不憫《ふびん》に思った野々宮祝子《のりこ》（珠世の母）に引き取られたのである。

この猿蔵は、物語の中盤まで金田一耕助に殺人事件の容疑者の一人とみなされるなど、それなりに重要な役どころとなっている。だが、映像版ではたいてい寡黙で忠実な珠世のボディガードという役割に矮小化され、その生い立ちもほとんど触れられずじまいであり、登場すらしない作品さえある。

「猿蔵」という名が本名ではないという事実も原作を読まずして知ることはできない。このあだ名の由来は、顔が猿に似ているからという陳腐なものである。幼い頃から「サル」と呼ばれているうちに「猿蔵」があたかも本名の如く定着し（「蔵」という止め字は誰が付けたのかは不明である）、古館弁護士ですら彼の本名（つまり戸籍名）を忘れてしまったくらいである。犬神家顧問弁護士として関係者の戸籍情報は把握しているはずの古館がそれでは困ったものであるが（猿蔵は犬神家の相続と無関係であるからか?）、大の大人同士があだ名で呼び、応えるという関係は微笑ましい光景に映らなくもない。

珠世は幼少の砌《みぎり》から同じ屋根の下で過ごしてきただけに、さすがに猿蔵の本名を忘れることはあるまいが、この聖人君子のごとき淑女ですら当たり前のように（助けを求める時でさえ）「サルゾー」と呼んでいるところをみると、案外、名付け親は珠世かもしれない。

「孤児」と「棄児」の分かれ目――親の存在証明

犬神佐兵衛のように、生みの親を知らずに育った孤児は、「捨て子」や「棄児」と言い換えてよかろう。このような意味での棄児を主人公とした物語というのは、ありそうで意外と少ない。外国文学では、ウェブスターの『あしなが伯父さん』がその代表である。漫画では、梶原一騎の代表作

『あしたのジョー』の矢吹丈や、『タイガーマスク』の伊達直人などが有名である。
いずれも大体において共通しているのは、孤児院で育ったという経歴である。

孤児院は、親になり代わって孤児に衣食住を与えるとともに、学校教育や実技や道徳を授ける施設である。

日本でも明治以降、政治家や篤志家の手で多くの孤児院が設立された。例えば、一八六九年に松方正義が日田県（大分県日田市）に設立した日田養育館、一八七二年に東京に設立され、渋沢栄一が初代院長を五〇年以上にわたって務めた養育院（現在の東京都健康長寿医療センター）、一八八七年に「児童福祉の父」といわれる石井十次が設立した岡山孤児院などが知られている。戦後は「孤児院」という名称は使用されなくなり、現在は「児童養護施設」および「乳児院」（一歳未満が対象）という名称に変わっている。[2]

さすがに佐兵衛とて、まともな衣食住にあずかることなく成長するのは無理であるから、ある年齢で孤児院に引き取られたか、誰かの保護は受けたはずである。ただし、佐兵衛は一七歳で野々宮大弐に保護された時、それまで学校に行ったこともなく「眼に一丁《いってい》字もなかった」ので、大弐はねんごろに教育してやったというから、たとえ孤児院に入ったとしてもそこに落ち着くことはなかったと見受けられる。

実のところ、「孤児」というのは法令上に特に定義がないのである。例えば、一九〇〇年に制定された「救育所ニ在《あ》ル孤児ノ後見職務ニ関スル件」（一九〇〇年法律第五一号）をみても、第一条第一項に「公設ノ教育所ニ在ル未成年ノ孤児ニ付《つい》テハ其《その》所長後見ノ職務ヲ行フ」（傍点、引用者）とあるのみで、何をもって「孤児」とみなすかという要件は記されていない。

そうなると、「孤児」と「棄児」の違いは何か。それは親が誰なのか、つまり親の存在が証明しうるか否かに尽きるであろう。日本では戸籍があれば、氏名、生年月日、出生地、父母の名前がいっぺんに確認できる。したがって、同じ「孤児」でも戸籍の有無によって人生の先行きも多少は違ってくるのは確かである。ただし、出生の記録という意味では、現在では戸籍でなくとも、母子手帳や出生証明書で事足りるのである。

公式な出生の記録がないとなると、名前、年齢、性別、国籍などの個人情報を本人の口から聞かされても、すべて「自称」でしかなく、存在そのものが疑問に満ちたものとなる。

例えば、本人の名前である。親が不明であれば、いま名乗っている名前は誰がいつ付けたものなのか？　それは公文書に登録されている「本名」なのか？

年齢も然りである。本人が現在「一五歳」であると申し立てても、生年月日が不明ならば、なぜ現在の年齢が計算できるのか？

あるいは、親戚や関係者の証言などによって親の存在証明が残されていれば、それを通じて子の名前、血統、国籍など情報が得られるであろう。だが、佐兵衛は両親も出生地も不明であるにもかかわらず生年はわかっているのはどういうわけか？

こうした疑問については、やはり戸籍を軸にして考察してみるのが妥当であろう。

2　佐兵衛の戸籍はいかにつくられたか？

戸籍をつくる難しさ――「日本人」であることを証明するには？

そもそも戸籍のない国民などいるのか？と首をひねる読者も少なくないかもしれない。世の中にはさまざまな事情から戸籍に登録されない日本国民、すなわち無戸籍者が常に存在してきた。[3]

一般に、人が戸籍に登録されるのは、この世に生まれた時である。出生届が役所に出され、親の戸籍にその名前が記載されることで、日本国民として公式に認定されたものとなる。

したがって、無戸籍者が生まれる最も一般的な理由は、親が子の出生届を出さなかったことにある。それも、うっかり届け出るのを忘れた場合（出生届は出生から一四日以内に出さないと過料が課される）、家庭内の事情からあえて届け出なかった場合、そもそも親が戸籍の存在を知らなかった場合など、ひと通りではない。

ただし、出生届が出されぬまま子が成長した場合でも、戸籍法の定める届出義務者（父親、母親、出生に立ち会った医師や助産師）が存在する時は、その者に出生届を出させれば子は戸籍を取得できる。だが、その届出義務者もいない場合、無戸籍者が戸籍をつくるには、就籍という方法をとらねばならない。

就籍は、「日本人でありながら、未だ戸籍に記載されていない者について、その記載をする手続き」[4]とされ、「籍に就く」の意である。就籍するには裁判所（現行法では家庭裁判所）の審判を経なければならない。戸籍を創設する時の氏名はどうするのかというと、就籍する者がそれまで名乗っていた通称を用いるのが慣例である。

就籍の申請は年齢を問わないが、肝心なのはその資格は「日本人」に限定されている点である。外国人や無国籍者は就籍を申請する以前に、日本国籍を取得していなければ戸籍創設の資格はない。就籍は、日本国籍を取得するための「帰化」とは異なるのである。

これを理解する上で、あらためて強調しておきたいのは、日本の戸籍は「日本国民」にしか創設されないという〝純血主義〟の鉄則である。

明治政府は全国統一の戸籍法として一八七一年に太政官布告第一七〇号を発し、壬申戸籍の編製に着手する。同布告では、華族、士族、僧侶、神官、平民といった身分を問わず、居住地に本籍を定めて戸籍に登録された者はすべて「臣民」つまり日本国民とする、としていた。これは初めて「日本人」（いわば「元祖日本人」）の法的な定義を規定したものといえ、ここにおいて戸籍はあらためて国民登録という意義をもつこととなった。

戸籍に記載されるのは日本国籍者のみであるという原則は、戦前・戦後を通じて一貫している。言い換えれば、戸籍は排外主義をひとつの本質とする装置である。これを法律上に明示したのが、明治三一年戸籍法である。その第一七〇条第一項は「日本ノ国籍ヲ有セザル者ハ本籍ヲ定ムルコトヲ得ズ」（傍点、筆者）と規定し、外国人は本籍を定めること、つまり戸籍を創設することができないと明文化された。

この第一七〇条第二項は、一九一四年の戸籍法（一九一四年法律第二八号）から〝書かずもがな〟の当然の条理であるとして削除され、戸籍に記載されるのは日本国籍者のみであることは自明の不文律として今日に至っている。

よって、無戸籍の人間が就籍を許可されるには、自分が「日本人」であることを裁判所に対して証明せねばならない。現在であれば出生証明書や母子手帳などによって「日本人」の子として生まれた事実を証明できるが、佐兵衛のように生みの親もわからぬとなると、就籍するには難儀を極めることとなる。

戸籍がないと生きられない？――社会に巣食う「戸籍意識」

しかしながら、無戸籍者は是が非でも戸籍をつくる必要があったかといえば、そうでもなかったというのもまた事実である。

戸籍というのは元来、国家が徴兵、徴税などを実施するために国民の身分関係を把握する制度であり、国民に利便や福祉をもたらすことは念頭に置いていない。実際、戦前まで日本においては一般的な社会保障制度も整備されておらず、戸籍を取得することによって国民があずかれる恩典といえば、旅券の発給くらいのものであった。いきおい無戸籍者が自発的に戸籍を取得しようという動機がめばえ難かったのも確かである。

むしろ戸籍は徴兵に代表される苦役を国民に賦課する目的に立った登録簿として嫌悪する国民も数多くいた。徴兵逃れのためにニセの死亡届を出したり、失踪宣告（七年以上生死不明の者を「死亡」とみなして戸籍から抹消する。第5章を参照）を自作自演したりして、おのれの戸籍を消そうとする者も絶えなかったほどである。

拙著『戸籍と無戸籍――「日本人」の輪郭』（人文書院、二〇一七年）で検証したように、今日では選挙権、就学、社会保障などの権利やサービスは居住地との関係で保障される仕組みとなっており、そのために必要なのは戸籍よりも住民票である。それゆえ、戸籍を日常不可欠なものと意識している人は微々たるものであろう。その証拠に、無戸籍者が自分が生まれながらに無戸籍であったことを知るのは、早くても中高生の頃であり、三、四〇代になるまで気づかないというケースさえもざらにある。

しかるに、選挙権や就学のみならず、婚姻や就職についても「戸籍がないと不可能である」という言説が飛びかうのをいまだに目にする。今日では戸籍のない外国人でも婚姻や就職はいうにおよばず、就学や社会保障などのサービスも享受できるのであるから（選挙権も戸籍要件はない）、「無戸籍では○○できない」という言説は世に根強くはびこっている誤解の産物である。

このような誤解は、日常において自分の戸籍と向き合う機会は稀有であり、戸籍の必要性について明確に理解していないにもかかわらず、〝「日本人」であるならば戸籍をもっているのが当たり前である〟という集合意識が日本人に巣食っていることの証左であり、これは「戸籍意識」と呼びうるものである。[5]

ところで、佐兵衛のような戸籍があるかも怪しい放浪者であっても、国家の領域内に生きる以上、何らかの形で国家による身分登録を要請される。壬申戸籍において採用された「寄留制度」においては、本籍以外の場所に九〇日以上居住する者、そして本籍のない者および不明の者は現住地で「寄留」の届出を行う義務があった。寄留地の役場に届け出たら、その役場に備えてある寄留簿に「寄留者」として登録された。

寄留制度は一九一四年に寄留法（一九一四年法律第二七号）として法制化され、無戸籍者のみならず、戸籍法の適用を受けない外国人や植民地出身者も寄留届出の対象とされた。この背景には、明治中期に顕著になった農村から都市への人口移動がある。壬申戸籍が編製された明治初期こそ、本籍と現住所は一致していたが、地域間の移住が増加するにつれ、両者は乖離していった。そこで政府は、戸籍では不十分な国民の居住動態の把握という機能を寄留制度に託したのである。この寄留制度が、一九五二年から実施される住民登録制度の母体となった。

したがって、佐兵衛の如き長年にわたり漂泊生活を続けていた者でも、一定の場所に三カ月以上、腰を据えたら寄留届を出す義務があった。だが、寄留届は戸籍同様、あくまで自発的な届出であるから未届けが多くなり、警察の戸口調査によってやっと摘発されるというのが実情であった。佐兵衛も警察などから教示されることでもなければ、寄留届などどこ吹く風であったにちがいない。

「棄児」に与えられる戸籍――紙の上の「日本人」

前述の通り、戸籍をつくるには自分が血統上の「日本人」であることを証明しなければならない以上、親もわからぬ捨て子には就籍など至難の業である。だが、実は就籍よりも容易に戸籍をつくれる道がある。それは、戸籍法上の「棄児」として認定されることである。

棄児は「いつどこで誰から生まれた」という証明がないのであるから、国籍も不明となる。国籍は血統（親がどこの国籍か）または出生地（どこの国で生まれたか）をその取得の要件とするからである。近代国家においては、本人の意思に関係なくこのような環境に生まれた子を放置しておくのは統治者の責任として許されない人道問題と考えられるようになった。

日本では明治になると、棄児の身柄を保護したら、まず保護した場所を本籍としてその子の戸籍を創設するという措置がとられた。棄児が健全な養育を受ける環境を整えるために、戸籍という身分証明を与え、「国民」としての地位を保障するというわけである。

壬申戸籍編製を命じる太政官布告第一七〇号が発令された一九日後の明治四（一八七一）年四月二三日、太政官布告として「脱籍無産ノ輩《やから》復籍規則」が発せられた。無戸籍にして無産の人々を再び戸籍に回収する目的であった。その第三条に「迷子棄児等生所不相分者《あいわからざる》」については、身柄が保護された場所を本籍として戸籍を編製するように定められた。

前章でみたように、犬神佐兵衛の出生は一八七〇年とみるのが妥当である。[6] 一八七〇年生まれの著名人としては、濱口雄幸（政治家、第二七代内閣総理大臣）、西田幾多郎（哲学者）、巖谷小波（作家）、斎藤隆夫（政治家）、加藤寛治（海軍大将）、本多光太郎（物理学者）、鳥居龍蔵（人類学者）らがいる。

この一八七〇年前後というのは明治維新を迎えて程ない時期であり、日本国内はまだ統治の安定にはほど遠い状況であった。ことに、幕末に締結された不平等条約に基づいて欧米との貿易が始まるや、生糸や茶の輸出急増により国内では品不足となって物価が高騰し、庶民の生活は圧迫されていった。

その結果として、困窮のあまり我が子を捨てる親が全国各地に増加していく情勢は、「御一新」の矛盾を示していた。内務省の調査によれば、棄児として保護された子の年間人数は、表3のごとく一八七六年は二〇〇〇人台であったのが、一八八〇年には八〇〇〇人台に増え、一八八六年にはその倍の一三六四人に達していた。[7] 前述のように一八八〇年代から孤児院が各地で設立されていく動きは、こうした状況に対応したものである。

さらなる対策に乗り出した明治政府は、まず捨て子行為を取締りにかかる。一八八〇年に制定された刑法（一八八〇年太政官布告第三六号）では、その第三三六条第一項に「八歳ニ満サル幼者ヲ遺棄シタル者ハ一月以上一年以下ノ重禁錮ニ処ス」（傍点、筆者）と定められ、捨て子は明確な犯罪となった。ここで「幼者」を八歳未満とした基準は不明であるが、当時の学齢は満六歳以上満一四歳であった（一八七五年文部省布達）ことに鑑みれば、ほぼ就学前の幼児ということになろう。

さらに棄児の保護について、明治三一年戸籍法では、その第七五条において「棄児を発見したる者は、二十四時内に其旨を戸籍吏に届出ることを要す」と定めた。これに基づき、届出を受けた戸籍吏（一九一四年からは市町村長）は、棄児に氏名を付し、発見年月日、発見場所、付属する衣類・物品などの概況、推定される生年月、性別、届出人氏名などを記録した「棄児発見調書」を作成し、この調書をもって出生届書とみなすこととなった。

要するに、棄児の発見された地域を管轄する市町村長が、親になり代わってその子に氏名を与え、かつその子を戸主とする単独の戸籍を編製するのである。その際に本籍はどこに定めるかというと、当初は発見場所や発見者の住所などが本籍地とされていたが、その後は棄児の戸籍を創設した市町村役所の住所があてがわれるようになった。生年月日も、その外見などから推定して戸籍に記載された。

まだ自我も育っていない乳幼児でも「棄児」と認定されれば、一家（戸籍）が創設され、その戸主に収まるというわけである。

現行戸籍法でも、「棄児」に対する扱いは旧法と大して変わるところがない。[8]戸籍法上の「棄児」として認定されるのは何歳までか、その年齢の推定はどうするのかといった法的な基準がない点も同じである。ただし行政側の見解としては、「棄児」とは、父母が誰か不明であり、そして出生届が出されていないと推定される生後間もない幼児、ということである。[9]

肝心なことは、「棄児」として認定されれば、血統に関係なく「日

表３　明治前期５年間（1876 ～ 1880）における全国棄児収養人数（単位：人）

年	合計	男	女	現在人数
1876	219	118	101	−
1877	287	134	154	−
1978	440	213	227	4,302
1879	351	202	149	4,739
1880	843	370	473	5,232

出典：「戸籍局年報」第１回～第４回より作成。

本人」として戸籍が作られるという点である。日本で生まれた（と推定される）「棄児」ということで血縁よりも地縁が優先されるのである。敗戦後の戦災孤児に数多くみられたように、たとえそれが〝青い目〟や〝黒い肌〟の子であったとしても、である。

戸籍は血統をよそに、紙の上の「家族」のみならず、紙の上の「日本人」をもつくり出す不思議な装置であることがわかるであろう。

佐兵衛の戸籍創設への道——最も簡単な方法は？

では、犬神佐兵衛がいかにして戸籍を創設したのかを考えてみよう。

佐兵衛が生まれた一八七〇年は廃藩置県が実施される前年であり、まだ日本は多くの藩とわずかな府県（かつての天領）によって混成されていた過渡期である。したがって戸籍も府藩県ごとにバラバラに編製されており、まだ徳川時代の人別帳を実施している藩も少なくなかった。しかも、幕末の動乱で戸籍から外れた無頼の浮浪人が各地に続出し、総じて日本の戸籍制度は破綻をみていた。そこで、〝全国統一〟の壬申戸籍の編製を国民に告げる前述の太政官布告第一七〇号が出されるのが一八七一年のことである。

つまり、佐兵衛の誕生時には、まだ国家法に基づく戸籍制度が存在せず、佐兵衛が数え年三歳の時（一八七二年）になって壬申戸籍が編製されたという事情がある。

以上の点を踏まえた上で、孤児の佐兵衛が戸籍を取得するパターンとしては、次の二通りが想定しうる。

パターン①　佐兵衛は戸籍法上の「棄児」として扱われ、戸籍がつくられた。

前述した一八七一年に布告された「脱籍無産ノ輩復籍規則」により、保護された棄児は発見場所を本籍として戸籍が創設されるものと定められた。

これに従うとすれば、佐兵衛は嬰児の時分に親に捨てられたとしても、とある発見者に「棄児」として届けられることにより、単独の戸籍が創設されたわけである。そうなると一七歳で野々宮大弐に保護されたとか、七九歳で死亡したとかの佐兵衛の年齢に関する記述もことごとく「推定」の域を出ないものとなる。そして「犬神佐兵衛」の名付け親は発見場所を管轄する市町村長ということになる。

とすれば、「棄児」として佐兵衛が発見された場所はどこであったのかが次の問題となる。佐兵衛は国内各地を放浪した末に信州那須にたどり着いたということなので、発見地は長野県内ではない可能性が高い。その場合、佐兵衛が戸籍創設後に転籍していなかったならば、犬神家の本籍は長野以外の都道府県に置かれたままとなる。

移動が頻繁な都会に比べて地方では生まれた土地に定住する者が多いので、本籍すなわち郷里かつ現住地という固定観念が生まれがちであった。佐兵衛が定めた本籍が信州から遠く離れた場所であったなら、松子ら子孫は「なぜ犬神家の本籍がここなのか？」といぶかしく思うにちがいない。

パターン②　佐兵衛は無戸籍児として生まれ、後に就籍によって戸籍を取得した。

佐兵衛が生まれた一八七〇年は壬申戸籍の成立前であり、仮に彼が出生した府藩県において独自の戸籍制度が実施されていたとしても、その出生届が出されなければ意味がない。

あるいは、佐兵衛の一家全員が無戸籍となっていた可能性もある。壬申戸籍の編製が始まった時に佐兵衛の生家の戸主が家族の戸籍創設を申請するのを怠ったら、一家そろって無戸籍となる。また前述のように、壬申戸籍は居住地を本籍として登録を申請するものであったので、戸籍編製時にたまたま旅行や仕事で居住地を離れていたために登録漏れとなった者も多かったようである。

しかも壬申戸籍には戸主による届出の過怠に対する罰則もなかったため、いきおい届出は杜撰《ずさん》になり、大多数の調査漏れが出ていた。そもそも子が生まれたらただちに役所に届け出るという遵法意識が庶民に芽生えていなかったために、大量の無戸籍児を生み出す結果となった。

だが、たとえ無戸籍児であっても物心つく年齢まで親と一緒に暮らしていたのであれば、親の名はいうに及ばず、生まれた場所も覚えているはずである。よって、佐兵衛は親の顔も認識できぬ乳幼児の時点で無戸籍のまま捨てられたと考えるのが妥当であろう。

ここからがパターン①との分かれ目となる。捨て子が誰かに発見されたとして、必ずしもパターン①へと事が運ぶとは限らない。発見者が「棄児」として届け出ずに自分で育てたり、あるいは売り飛ばしたりすれば、その子は無戸籍のまま成長していく破目になる。

それでも、無戸籍者が戸籍を取得するには、就籍という法的手続きがあることは先に述べた。ただし、一七歳の時点で文盲であった佐兵衛のことであるから、就籍の方法はおろか、戸籍という制度の存在自体を知らなかったとして何ら不思議はない。

かく考えるならば、やはり法律上の「棄児」として扱われることが、「犬神佐兵衛」の戸籍が最も円滑につくられる行程となるのではないか。

戸籍から消えない「棄児」の記録

注意を引くのは、犬神佐兵衛は捨て子であったというおのれの出自をいっさい隠し立てしなかった点である。佐兵衛はいつも側近に「人間はだれでも、生まれた時は裸だよとうそぶいて」おり、平然と「自分は十七になる年まで、乞食同様の身の上で、国から国へと流れあるいていたんだよ」と話していたという。

とかく日本は、個人の能力や資質よりも、その血筋や家柄によって出世や栄達が決まることがまかり通ってきた社会である。例えば、豊臣秀吉が〝天下人〟になるまでに、貧農であったとも針売りであったともいわれる賤しい出自を粉飾すべく、相当に系図を捏造した話はよく知られている。秀吉に限らず、功成り名を遂げるために、自分の血筋を少しでも飾り立てようとするのは世の習いであろう。

戸籍が公式の身分証明として制度化された明治以降は、家系図はあくまで私的な資料にすぎなくなったが、それでも、系図を粉飾ないし偽造することはおのれの立身出世において十分な効果があった。しかし、佐兵衛はそのような企てには一切、手を伸ばさなかった。

もっとも、よしんば系図は粉飾できたとしても、戸籍には「棄児として生まれた事実」が厳然と残されたのである。

まず、棄児の戸籍上の記載について、一八七五年の太政官指令では、「齢《よわひ》十三年迄ハ肩書等ニ棄児ト致シ、右年齢ヲ過《す》クレハ実父母不詳ト記載スヘキ事[10]」と指示していた。一三歳以上の子については「棄児」と明記せずに「実父母不詳」とぼかすわけである。

ことに「棄児」であった事実が最も明瞭となるのは、戸籍における父母の氏名および父母との続柄である。「棄児」であれば、いずれも空欄になるのが普通であるが、前者は「不明」「不詳」と記載されることも多かった。

また家制度の時代は、戸籍に前戸主の氏名、戸主と前戸主との続柄も記載されたのであるが、「棄児」ならばやはりいずれも空白となる。また、生年月日欄には「推定〇〇年〇〇月〇〇日生」と記載されたりもした。

加えて、棄児の戸籍事項欄（その者の戸籍がいつ、どのように編製されたかを記載した欄）には、「何年何月何日〇〇村長の調書により本戸籍編製」という具合に記載された。「調書」の意味するところは前述した通りである。時には「棄児調書により…」とあからさまに記されることもあった。以上のような特殊な内容の戸籍をみれば、戸籍行政に通じた者でなくとも、それが「棄児」として創設

表4　戸籍謄抄本の記載が廃止された主なプライバシー事項

事項		廃止の根拠
族称	平民	1938年6月29日民事甲第764号司法省民事局長回答
	華族・士族	1947年4月16日民事甲第317号司法省民事局長通達
「私生子」「庶子」の文字		1942年2月18日民事甲第90号司法省民事局長通牒
「棄児」の文字		1928年9月22日民事第10395号司法省民事局長回答
公設または私設の療養所または病院において出生または死亡した場合の病院等の名称		1941年6月5日民事甲第547号司法省民事局長通牒 同年7月22日民事甲第708号司法省民事局長回答
刑務所において出生または死亡した場合の刑務所の名称、届出人または報告者の官職名		1926年11月26日民事第8120号司法省民事局長通牒

された戸籍であることが察知できてしまう。

戸籍の記載内容は、決して戸籍法の規定だけに基づいて決まるものではなく、法を運用する官僚の通達や、事務に携わる役場の戸籍係の裁量に負うところも大きいため、おのずとその振幅も広がるのである。

人によっては、戸籍に記載される情報の中には他人に知られたくないものも少なくない。例えば、本籍、離婚歴、帰化の事実などである。なぜ本籍の記載が問題になるかというと、部落差別につながるものであったからである。さらには、前科、刑死した拘置所名、出生した療養所名（親が感染症などの患者であった場合）まで戸籍に記載された。

にもかかわらず、戸籍は一九七六年まで公開が原則とされていた。戸籍は国民の身分関係を公証するものであり、契約や婚姻などの法的行為において個人の年齢や婚姻歴などの情報を当事者に知らせる必要があるという理由からであった。[11]

したがって、戸籍は出自だけでなく前科や死亡地などの記載によって社会的差別の温床となったのである。そうした問題については司法省（法務省）も看過し得ず、戸籍謄・抄本を交付する時に差別的な記載は塗抹しておくよう再三、指示していた。ちなみに戸籍の謄抄本から「棄児」という二文字の記載が消えるのは一九二八年九月に司法省民事局通達が出されてからのことである（表4）。

ただし、戸籍に記載されている情報を部分的に消去する方法はある。それは、転籍や新戸籍の編製である。本籍は、ある者の戸籍が管理されている場所以上の意味はなく、任意に移転することができる（転籍自由の原則）。転籍によって戸籍は新しく編製されるが、新戸籍には離婚などの事実は移記されない[12]。これにより、前述の「調書により…戸籍創設」のように「棄児」であったことがわかる記述も新戸籍から消える。だが、いかんせん戸籍の父母欄は空欄のままであるから、そこから棄児であったという出自はやはり容易に知れる。

天下の大企業、犬神製糸という看板を背負っていく犬神佐兵衛の子孫にしてみれば、せめて佐兵衛自らがその出自を表沙汰にすることは差し控えてほしいと考えても不思議はない。佐兵衛も将来の犬神家の安泰と繁栄を願うならば、ライバル企業から犬神製糸を追い落とす宣伝材料として利用されかねないマイナス情報を少しでも隠蔽しておく配慮があってよさそうなものである。この点に関して、松子らが「世間体」を理由のひとつとして父と菊乃の男女関係に激しく干渉しておきながら、父の出自についてては言及する場面が一切ないのも妙ではある。

何しろ前述のように『犬神佐兵衛伝』は、佐兵衛が卑しい素性であったことを臆面もなく曝している。名士の伝記を身内や関係者が書くのであれば、つとめてその生涯を輝かしいものとして過大に賛美するのが定石であるが、作中に「いったい、人間も偉くなったり、金持ちになったりすると、とかく系図を飾りたがるものであるが、佐兵衛翁にはそういう見栄が微塵もなかった」とあるように、佐兵衛はそうした系図の粉飾や捏造は無用と戒めたのであろう。

そこは家の品位や血縁の恩恵といったものと無縁に生きてきた佐兵衛のことである。子孫に対しては、莫大な資産を遺してやるだけで十分、あとは家柄だの血筋だのに頼らず、おのおのの手腕で犬神家を盛り立てていったらよかろう、くらいの心づもりであったのかもしれない。

3 「犬神」姓のルーツをさぐる――系譜なき一家?

「棄児」の名付け親――由来は発見場所?

既述のように『犬神佐兵衛伝』には、「第一犬神という妙な姓からして本当のものかどうか明らかでない」とあり、「犬神」が生まれながらの姓ではないことを示唆している。そこで掘り下げてみたいのは、佐兵衛が戸籍を創設するにあたり、なぜ「犬神」という風変わりな姓(戸籍上は氏)になったのかという点である。

就籍の場合、「犬神佐兵衛」という氏名を戸籍名とすることが認められるには、それが通称として長く使用されてきたという明白な根拠が必要となる。一方、「棄児」としての戸籍創設であれば、本人ではなく発見地を管轄する区（一八七一年から一八七八年まで戸籍編製の行政単位として区が設置されていた）の戸長が「犬神佐兵衛」と命名したものと考えられる。

「名は体を表す」というごとく、名前は個人の人格や属性と一体化したものとみなされることも多い。無論、人は生まれた時に自分の名前を自分で決めることはできず、親が血を分けたわが子の幸福を祈って命名するのである。名前のいかんによっては将来の社会生活に影響を及ぼしかねないと考えれば、「棄児」に赤の他人が命名するというのは責任の重さもひとしおである。

戦前まで「棄児」の氏名は、発見場所の地名に由来して命名されるパターンが多かった。例えば、東京でみられた「日比谷某」「神田某」などの類である。露骨な例としては、「石原八千代」（本所石原町の映画館八千代館で発見）、「中里二三一」（瀧野川区中里町二三一番地で発見）という具合に、発見場所の名や番地がそのまま用いられた氏名もある。[13]

一般国民に苗字の使用が許可されたのは一八七〇年のことであり、これが一八七五年から義務化される。苗字の大半が地名に由来していることは知られているが、それは生まれ育った場所への愛着や畏怖の念に拠って立つものであり、ひいては古来からの土地神信仰のあらわれであると考えられる。

佐兵衛の戸籍創設が前述した「棄児」発見のパターンであれば、「犬神」も発見場所にちなんだ姓である可能性は高い。

現に日本には「犬神」という地名が存在する。福島県白河市表郷金山《おもてごうかねやま》犬神という場所がそれである（佐兵衛が生まれた一八七〇年当時は白河県であった）。

もし佐兵衛がこの犬神の地で「棄児」として保護されたとすれば、同地を管轄する戸長が命名するにあたり、この「犬神」の地名を借用したというのはあり得る話である。

語り継がれる「犬神」伝説——信州にも残る奇譚

では、横溝正史が「犬神」という姓にどのような寓意を込めたのかを考えてみたい。

「犬神」という姓が実在するのかは不明であるが、歌舞伎の演目『小笠原騒動』の主人公犬神兵部や、夢野久作の小説『犬神博士』（一九三一年）の主人公大神二瓶《にへい》のように、芸能や文学の世界においては「犬神」の姓もしくは通称が散見する。

やはり「犬神」といえば、巷で知られているのは「姓」としてよりも「憑き神」としての存在であろう。かつて日本には、人に取り憑く犬の霊を「犬神」として畏れ、これを祀る風習があった。

歴史学者の喜田貞吉によれば、関西、四国、九州には、憎い相手に犬神を取り憑かせてこれを病で苦しめ、時には病死に至らしめるという「犬神使い」の伝説が語り継がれてきた。[14] 喜田の郷里である徳島県においても犬神伝説は明治半ば頃まで残っており、「犬神使いと目される者は、常に他より疎外さるゝが為《た》めにや、一種憂鬱の相ありて親しみ難く、他の恐るゝ所と為《な》るがごとき風あり」[15]という。

つまり「犬神使い」と扱われたのは、精神的な病を抱える者として村落共同体の中で畏怖ないし疎外の対象となった人間である。また、「一種の賤民」あるいは行商する術者とみなされることもあれば、時には為政者から犯罪人扱いさえされた。[16]

実は、『犬神家の一族』の舞台に近い長野県下伊那（現在の飯田市）にも犬神伝説が残っている。しかし、こちらは右にみた〝憑き物〟としての犬神とは異なる話である。

夜に猟に出かけた猟師が獲物を待ちながら眠りにつこうとすると、普段は大人しい猟犬が激しく吠えたてた。安眠を邪魔された猟師はこれに憤るあまり、猟犬の首を切り落とした。すると猟犬の首は高く宙を飛んだかと思うと、猟師を襲わんとしていた大蛇の首に食らいつき、これを噛み殺して主人を守った。猟師はこの忠実な猟犬を讃えてねんごろに葬り、村人たちは「犬神様」として年々祭り続けた。[17]

こうした犬神伝説を横溝正史と結びつける接合点となったと思われる人物が、小酒井不木《こさかいふぼく》である。不木は医学者であるとともに探偵小説家、犯罪研究家として知られる。不木は横溝正史や江戸川乱歩にとって探偵小説の先達であり、二人とも面識があったので、正史が不木の作品から少なからず影響を受けたことは確かであろう。

それというのも、不木は犬神伝説を主題とする、その名も『犬神』という短編怪奇小説を『講談倶楽部』一九二五年八月号に発表している。主人公は若いサラリーマンであり、その故郷である愛媛県にも犬神伝説が生きていた。彼曰く「私も実は犬神の家に生れたのである。犬神の家のものは、犬神の家のものと結婚しなければ家が断絶するとか、犬神の家のものが、普通の家の者と結婚すると、夫婦が非業の死を遂げるとか云《い》ふ迷信」があり、彼の両親もその迷信にとらわれて近親婚を遂げて彼を産んだ。ここでいう「犬神の家」とは、犬神に憑かれた家という意味なのであろう。

彼はカフェの女給と恋仲になって同棲するが、他家の人間と結婚したならば犬神の祟りに遭うという伝承に怯える。彼女は身許も不明である上、やがて灰や泥を食らうなどまるで犬のような奇行が目立つようになる。彼女には犬神が憑いているのだと恐怖にかられるあまり、彼はついに彼女を殺してしまう。[18]

正史はこの不木の『犬神』から「犬神家」という名称を着想したのではないかと考えられる。佐兵衛が遺言において佐清・佐武・佐智の三人が遺産相続にあずかれる条件として定めたのが、珠世との婚姻であった。この四人はみな佐兵衛の血を引く者であるという点では「同姓」である。つまり、遺産にあずかるには「他姓」の者と結婚してはならないという佐兵衛による呪縛であるが、これは他家の人間と結婚すれば祟られるという犬神伝説を彷彿させるではないか。

「犬神」という姓に正史が込めた寓意を推察してみると、鬼籍に入ってもなお魔力を振るうかの如く「血」の因果によって犬神家を呪縛し続けた佐兵衛の悪魔的なキャラクターを犬神伝説に擬する意図もあったのではないか。

犬神家の先祖は佐兵衛？——系譜なき一家

日本においては、家が代々続くことを貴ぶ気風が根強い。いわゆる旧家や名家として称えられる家の由緒や家格の根拠とされるのは家の永続であり、それはまた家名の不断の継承でもある。古来、家系を尊重する思想が日本の政治社会を動かす大きな原動力となってきたことは疑うべくもない。貴族社会はいうに及ばず、武家社会においても武士の棟梁に求められたのは武芸や人徳よりもまず家柄であった。ことに、源氏と平氏の子孫であることが武家社会における出世や栄達の条件となったことは知られていよう。

こうした家系尊重思想の究極にあるものが、天皇崇拝に他ならない。天皇家は、「万世一系」の皇統という唯一無二の家系をもってその権威が正統化され、かつ神聖化されてきた。けだし、この皇統なるものは、『古事記』および『日本書紀』における神話に由来し、皇祖神たる天照大神《あまてらすおおみかみ》から血統が一度も絶えることなく連綿と続いてきたとされる。

それゆえ、天皇家の血を引く者はそれだけで社会において並みならぬ権威を手にする。例えば、源氏および平氏がなぜ武家の棟梁としての求心力をもち得たかというと、ともに元皇族を始祖とするという血筋の貴さがものをいったからである。[19]

明治初年から日本の「近代化」として続く「文明開化」の潮流に対する反動の形をもって国民道徳論が教導されていくのが明治中期のことである。一八九〇年の教育勅語に象徴されるように、それは儒教倫理に立った「忠君愛国」思想を根幹としていたが、そのなかで美徳とされたのが、祖先崇拝である。

　長きにわたって家が続くことは、家格に箔を付けると同時に、祖先崇拝という祭祀の重みを増すこととなる。それにより、祖先の霊魂は家の永続と幸福をもたらすものとして代々にわたり子孫から崇拝の対象とされ、祖先の祭祀を絶やさぬことは戸主が家督とともに引き継ぐ責任とされた。祖先の霊を子孫が絶えず祭り続けることで、「祖孫一体」が顕現されることとなる。庶民における「死んで、自分の血を分けた者から祭られねば、死後の幸福は得られないという考へ方」[20]を指摘していたのは柳田國男であるが、やはり貴賤を問わず家永続の志向は祖霊信仰を精神的基軸とするものであろう。

　祖先と子孫の繋がりを図示したものが家系図である。家系図に示される一統が長ければ長いほど、その家格が高まる。とはいえ、自家にきちんとした家系図を備えているのはもっぱら公家や武家、さらには豪商のような家柄の場合である。対して、平民においては、自らの家が先祖代々いかなる系統をたどってきたか、つまり家の系譜となるものはやはり戸籍である。家制度において戸籍の筆頭にくるのはいうまでもなく戸主であるが、その前部に「前戸主」の氏名が記載されるので、歴代の戸主すなわち祖先の名前が戸籍によってたどれるわけである。

　しかしながら、既述の通り、犬神家は佐兵衛がその創立者であると考えれば、佐兵衛の戸籍の「前戸主」欄は空白となる。つまり、佐兵衛こそが犬神家の〝ご先祖様〟なのであり、子孫から祀られる最高の祖霊となるわけである。逆にいえば、家筋としてはおよそ価値をもたない家ということなるのである（よって、後述する犬神家の「家宝」の話も御都合主義というしかない）。

「犬神家」の家名は重い？——悩める戦場の佐清

家庭が人間の初期段階からの心身の養成に大きな影響をもつという点は、和洋を問わず同様であろう。

人間は幼少期から成長していく過程で、まず家庭内でさまざまな教育を受ける。それは読み書きや計算にとどまらず、徳育、訓育というべきものも含んでいる。子が不甲斐ない言動をみせれば、親は〝しつけ〟を以てこれを正し、時には暴力による制裁もその一環として許容される。

ことに日本における家は、国民道徳の涵養、治安の維持、風紀の浄化という精神的な機能をも託されていた。これは、年齢や血統を問わず、家族全員が「一家」としての一体的な責任を負うという「家」の規範に由来している。

何しろ、個人は社会に出ても「家の一員」として生きることが求められ、その行動は良きにつけ悪しきにつけ、当人ひとりの評価や責任にとどまらない影響を一家に及ぼす。社会での個人の自由な行動は家という鎖に縛られ、家を顧みずに自我に没頭したり、むき出しの欲望に身を委ねることは戒められる。その反面的効果として、個人責任という意識は希薄になる。

もし家族の一人が犯罪や反社会的行為に手を染めようものなら、それは〝一家の不名誉〟として家族の連帯責任にまで及ぶ。時には「御先祖さまに顔向けできない」とか「末代までの恥だ」などと、過去から未来にわたる家族の不名誉として拡大される。こうした「一家」という共同意識が倫理的圧力となって個人に道徳的行為を要求し、反社会的行為を抑止するようにはたらくのである。

この点に関して看過しえないのは、佐清の復員をめぐるエピソードである。

佐清は阿鼻叫喚のビルマ戦線から、静馬よりも遅れて博多に復員してくる。だが、彼は復員船の乗船名簿に「山田三平」という偽名で登録していた。それが偽名であることが露見することなく復員できたのも、敗戦後の行政における混乱状況が幸いしたのであろう。

それにしても、なぜ佐清はわざわざ偽名など使ったのであろうか。犬神家の跡取りよろしく堂々と我が家に帰ってくれば、静馬のなりすましも曝露され、事件はここまで紛糾せずに済んだのかもしれない。こうした疑問が読者の脳内に湧き上がっても不思議はない。

物語の終盤になってようやく素顔で母・松子と対面した佐清は、偽名で復員した理由を問いただされると、次のように弁明する。自分が指揮を過ったために部隊を全滅させてしまったことに対する責任に加え、ひとり生き残って捕虜となったことで「犬神家の家名に対しても、私は捕虜になることを恥じたんです」（傍点、筆者）。

かかる佐清の供述を受けて、作中では「戦争前の日本人は、だれでもそのくらいの誇りと責任感は持っていたはずなのだ。そして、その誇りと責任感を敗戦後までもち続けていたところに、佐清の純情がうかがえるのではあるまいか」（傍点、筆者）とあり、「皇民」として当然の気概であると称賛しているかのようである。

では、戦前の日本人なら「だれでも」「持っていたはず」の「誇りと責任感」というのは、一体、何に対してであろうか。それはひとえに「国」と「家」であろう。

まさに佐清が偽名で復員せざるを得なかった理由は、国と家に対する二通りの罪悪感に苛まれたためである。

まず「国」に対しては、ビルマ戦線において自らの指揮の過りで部隊を全滅に導いてしまったという罪悪感がある。これは皇軍兵士として国家への奉公をまっとうできなかったという責任意識がその土台にある。

一方、「家」に対しては、「犬神家の家名に対しても、私は捕虜になることを恥じたんです」と佐清自らが語るように、捕虜になったことで「犬神家」の家名を汚したという罪悪感からである。

捕虜となることを大きな恥辱とする軍人精神は日本独特なものであろう。一九四一年一月に東條英機陸軍大臣から下達された『戦陣訓』は、陸軍兵士の戦場での心構えを訓示したものであるが、その中にある「生きて虜囚の辱《はずかしめ》を受けず」という一節は有名である。日本の軍人教育においては、敵軍に降って捕虜となるくらいなら自決して皇軍への忠節をなし果てることが道義とされた。佐清もこれに従うべく、幾度となく切腹して果てようと考えたという。

ここで筆者が強い違和感を覚えるのは、佐清の家に対する罪悪感についてである。一体、佐清をそこまで呪縛した犬神家の「家名」とは何であろうか。

既述の通り、犬神家は先祖代々、家名とともに受け継がれてきた家ではない。あくまで佐兵衛の戸籍取得をもって便宜的に創立された家であり、佐清でまだ三代目という新興の家にすぎず、誇るべき家の由緒などはひとかけらもない。それゆえ、佐兵衛には戸主として祖先の祭祀をつかさどる責任など皆無である。当然、家庭における倫理的教育なども無縁に生きてきた佐兵衛だからこそ、野放図な性生活に耽って多くの罪なき胤《たね》を落とし、遺産相続を紛糾させる火種を残したといえよう。

あるいは、佐兵衛個人に犬神家の創立者にして当主としての絶大なる威光があったかといえば、松子の恫喝で菊乃との婚姻を観念した一件（次章で詳説）など、むしろ家長としては名折れが目につくほどである。もし佐清がそれほどまでに「犬神家」という家名の重さを背負っていたとすれば、巨大になった「犬神財閥」という看板が彼の「家名」意識を膨らませたものとしか考えつかない。

4 信州の〝天皇〟佐兵衛——守り通した家長の座

「隠居」という制度——戸主が子に服する時

佐兵衛が数え年で八〇歳に達してもなお家長の座にあり続けたことは、日本の家制度に照らしてみると、なかなかに特殊な事態といわざるを得ない。

かつて日本では「隠居」という慣習があった。落語の長屋ばなしや『水戸黄門』などのお馴染みの時代劇に接すれば、「ご隠居」という呼び名を必ず耳にするはずである。現在でも、定年退職して悠々自適な生活にいそしむ者を「楽隠居」などと呼ぶことがある。

家長が老齢に達して心身の衰えが顕著になった時、家長の座を子（基本的に嫡長男）に譲るのが、すなわち隠居である。この隠居は日本独特の風習というわけではなく、やはり古代中国に倣ったものである。法学者の穂積陳重によれば、家長が生前に隠退することは古代のインドやヨーロッパにも広くみられた慣習であった。[21]

古代日本の律令制においては、七〇歳が官吏の隠居（これを「致仕」といった）の適齢期とされていた。[22]だが、中世に貴族社会に取って替わった武家社会では、軍事があらゆる価値観の中心となる。そのため、家長が老齢だけでなく、疾病や戦意減退などにより軍役に堪えられなくなった時は、家長の座を心身頑健な跡継ぎに譲るべきものとなり、いきおい隠居の適齢期も低下していった。

隠居は明治民法において、あらためて法制化された。同法によれば、戸主は隠居によってその地位を喪失し、新戸主との交替すなわち家督相続が開始される。隠居が行われる条件として、①戸主が満六〇歳以上であること、②完全なる能力を有する（未成年者や禁治産者ではない）家督相続人が相続を承認していること、の二点が定められていた（第七五二条）。

隠居の適齢期を六〇歳からとしたのは、単純に庶民における慣習によったものとみられる。例外的に、戸主が疾病により家政を執ることができない時（第七五三条）などは、右の二条件にかかわらず隠居が認められた。

ただし、あくまで隠居は戸主の自由意思に基づくのが原則であった。その上、隠居を志望する戸主の居住地を管轄する裁判所が許可しなければ、隠居は実行されなかった。
裁判所の許可を得た戸主と家督相続人は、「右某《なにがし》は疾病により家政を執ること能《あた》わざるに付《つき》〇〇年×月△日□□裁判所の許可の裁判により隠居」といった内容の隠居届を市町村長（一九一四年以前は戸籍吏）に提出し、受理されることで隠居は有効となるのであった。

したがって、まだ六〇歳未満で心身健全な壮年での楽隠居は許されず、また武家社会にみられたような強迫や詐欺による「押し込め隠居」も禁じられた。それだけ家制度において隠居は、軽々に行ってはならない重大な法律行為として位置づけられたのである。

しかるに、女戸主が隠居する場合は年齢を問わない上に、裁判所の許可も不要であった（第七五五条）。なぜ、女戸主にはかくも容易に隠居を許したのか。これは女には土台、家を治める力はないという家父長制思想がその基底にあることは明白であろう。そもそも女戸主は、あくまで家に男子がいない時の応急的な代行役にすぎなかったのである。

儒教思想と隠居の矛盾――〝生涯現役〟という美風

年老いた親に隠居してのんびりと余生を送ってもらう。これも立派な親孝行であると考えがちである。だが、隠居は儒教的倫理に照らした時、ある矛盾と対峙することとなる。

儒教が日本に百済《くだら》から伝来したのは五一三年にさかのぼり、仏教よりも数十年早い。それ以来、儒教は主として仏僧の学問の一環として細々と残ってきたが、徳川幕府によって正統な教学の「儒学」として重用され、武家社会の倫理的規範として称揚された。とりわけ、その核心とされたのが「忠」と「孝」である。前者は主君に対する家臣の忠誠であり、後者は親に対する子の孝行である。ただし、中国においては儒教の徳目として重視されたのは「忠」よりも「孝」である。この「孝」は祖霊崇拝の精神も含んでおり、家長は祖先の祭祀を催すことが重大な責任となる。

基本的に日本の隠居制度では、戸主は隠居したら新戸主（子）の監督下に服するものとなる。戸主に対する家族の恭順は当然とされるから、父が生前に家督を子に譲ることの意味は重大である。戸主が隠居した後は、これまで家長として家族に及ぼしてきた権力と権威が打って変わって我が身に及ぼされる。そして家内の世代交代は戸籍上に顕示される。戸主の交替によって新しく編製された戸籍において、父の名は「前戸主」欄に記載されるとともに、新戸主の次に「(戸主の）父」として置かれるのである。

かかる隠居は、「孝」を重んじる原理的な儒教倫理に照らせば忌むべきものとなる。そもそも中国では「隠居」というと、官職を退いた後に俗世を離れて田舎や山林で静かに余生を暮らすという「隠棲」「隠遁」の意味であり、日本のように家督を跡取りに譲るという意味とは異なる。

もっとも、日本における「隠居」は公的な地位や職務を形式的に後継者に委譲するだけで、必ずしも一切の権力を放棄して「隠退」「隠棲」の身となるというわけではなかった。

天皇家においては、天皇が譲位した後も上皇や法皇として政務を担う「院政」が行われたことは周知の通りである。将軍家や大名家においても、家長が隠居後も堂々と権力を握り続けることがしばしばみられた。

室町幕府三代将軍の足利義満は、三七歳の若さで将軍職を息子の義持に譲り、東山に隠居した後も、幕府の実権は握ったままであった。江戸幕府初代将軍の徳川家康にしても、幕府を開いてから二年で将軍職を息子の秀忠に譲るも、「大御所」として一〇年以上権力をふるった。

明治以降においては、絶大な発言力をもって政界のかじ取り役を担った「元老」という存在があった。ことに山縣有朋、井上馨、西園寺公望といった面々は、隠居の適齢期をとうに過ぎた八〇代の老境に入っても、天皇の指南役を担うのみならず、内閣総理大臣の任免を掌り、外交や選挙においても現役政治家に対する〝御意見番〟であり続けた。

しかも元老は、憲法はおろか法律や勅令にも規定されていない非合法の存在であり、職務上の責任を負わない立場で政界の中枢に居座るという慣例的地位であった。

ジャーナリストの徳富蘇峰が「政治家の退隠と、娼婦の貞操程当てにならぬものはなし」[23]と皮肉ったように、職務上は〝引退〟したものの、事実上は〝現役〟を通し続ける存在が元老であった。隠居して然るべき高齢に至ってもなお後進に道を譲ることなく実権を保ち続けるという意味において、元老という慣例は儒教思想にかなう〝美風〟であったといえよう。

〝生涯家長〟であり続けること——佐兵衛と天皇にみる家父長制の理想像

佐兵衛は高齢になっても家督を譲ることなく現役の家長として生涯を貫いた。その姿は、家長の権威を喪失させる隠居制度を倫理的に否定する儒教的価値観を体現したものといえる。そして佐兵衛の生きざまに看取される家父長制思想の貫徹は、天皇の姿を彷彿させる。

天皇はいうまでもなく天皇家の唯一無二の家長であり、その家族すなわち皇族を監督する立場にある。しかも一八八九年に成立した旧皇室典範において、皇位の継承は男系男子のみによると定められたことで、家長の座に就くのは男性（基本は嫡出子）が当然であるという家父長制思想が天皇制において最も純粋に具現化されることとなる。

ただし、天皇といえども身体的理由や政治的事情によって、家長の座を家督相続人つまり皇嗣に譲り渡すという選択肢も必要である。すなわち「譲位」という名の隠居である。天皇の譲位は、奈良時代の聖武天皇（第四五代）以来、慣例となっていた。

だが、天皇の譲位も旧皇室典範によって禁じられた。その第一〇条に「天皇崩《ほう》スルトキハ皇嗣即チ践祚《せんそ》シ祖宗ノ神器ヲ承《う》ク」と規定され、皇位の継承は天皇の死をもってのみ行われるものとなったのである。

天皇の譲位はなぜ廃止されなければならなかったのか。政府による旧皇室典範の解説書である『皇室典範義解』（一八八九年）は、その理由として、鎌倉時代末期に「両統迭立《てつりつ》」（持明院統と大覚寺統の二系が交替で皇位を継承する）の慣例が敷かれたことにより、のちの南北朝の戦乱の原因となったと述べている。[24] つまり、生前の皇位交替は天皇家の内紛や分裂の原因となるのでこれを禁じるというわけである。

何より明治憲法において天皇は神聖不可侵の「現人神」たることが規定されたことの意味は重い。〝生き神〟に隠居などあろうはずがなく、その役目が終わる時は死をおいてほかにない。だが、その反面、絶対不可侵の「現人神」が臣下の定めた法に縛られるという大いなる矛盾もここに現出することとなる。

ともかく、家制度の根幹をなす儒教的家父長制の原理は、隠居を否定する天皇家において最も理想的に貫徹されるものとなった。これに明治、大正、昭和と三代の天皇が従ってきたが、平成になって明仁天皇（第一二五代）が二〇一六年八月に高齢（当時八二歳）による公務負担の困難を訴えて生前退位を申し出たことは〝大事件〟として世を騒然とさせた。齢《よわい》八〇歳を過ぎての〝隠居〟は、一般国民であればむしろ遅すぎるくらいであるが、それも是とされないのが天皇家の〝家憲〟なのである。

そう考えると、佐兵衛は生涯現役の家長としてその座を守り続けたという点では、天皇の姿とだぶってみえる。だが、神代から続く「万世一系」の皇統を誇る天皇家と、佐兵衛一代でにわかに創立された犬神家とでは、〝家格〟の差は歴然としているのは多言を要すまい。

第3章

婚外子がいっぱい

——犬神佐兵衛の落とし種

1　妾という存在――佐兵衛に「飼われた」女性たち

妾は「通法」なり――恐れるは家の断絶

家の存続は個人の幸福であり、ひいては社会の幸福であるという価値観は、儒教道徳の根強い東アジア社会に共通するものであろう。

例えば古来より中国では、家が絶えることを最大の不幸ととらえる伝統的風潮があった。これは、「最大の不孝は、跡継ぎがないことだ」という孟子の言葉にあるように、儒教思想における祖先崇拝に由来していることは既述した通りである。このような家の永続を願う観念は、中国社会において身分や階級を問わず共有されていた。

近代中国文学の画期的作品とされる魯迅《ろじん》の『阿Q正伝』には、こんな場面がある。主人公の阿Qはその愚鈍さから、しょっちゅう人々に馬鹿にされている。ある時、憂さ晴らしに自分よりも弱い尼を路上で侮辱する。すると尼に「阿Qの罰当りめ。お前の世継ぎは絶えてしまうぞ」と罵られる。この尼の言葉に阿Qは「そうだ、一人の女さえあれば。子孫が断えてしまったら、死んだ後にひと碗の御飯を供えてくれる者がいなくなる。女さえあれば」と思い詰める。阿Qのように社会の底辺であさましく暮らす無知蒙昧な人間でさえ、自分の血統が絶え、子孫から供養を受けられなくなることを恐れるというわけである。

右の阿Qの言葉が示すように、こと儒教社会において結婚は家を断絶させぬことが第一の目的とされ、女性はそのための道具とみなされる。しかし、妻を娶ったところで跡継ぎとなる男子が生まれなければ意味がない。そこで重要となるのが、正妻以外に継続的な結合関係をもつ女性を確保することである。すなわち妾を蓄えるのである。

「妾」というと、現代では卑しめられた言葉という響きが強い。しかも「妾」は事実上の妻である「内縁の妻」と混同されがちである。

だが、そもそも日本における妾は、正妻の二番手以降の配偶者として、明治前半まで法的に婚姻関係を認められた身分であった。武家や公家の社会では側室、側妻《そばめ》などと名称はさまざまであるが、正妻に世継ぎが生まれない場合は家の継承という目的から妾を置くことが必然とされた。

まして天皇家ともなれば、君主の継嗣を得るという絶大なる大義名分がものをいい、女御、典侍《ないしのすけ》など呼称もさまざまに妾を何人でも置くことが当然のならわしとされた。例えば醍醐天皇（第六〇代）は、皇后以外に少なくとも二一人の侍妾を蓄え、三六人の子をもうけている。

江戸前期の「古学派」の儒学者として名を馳せた荻生徂徠《おぎゅうそらい》は、徳川幕府の指南役も務めたことで知られている。徂徠は一八世紀前半、八代将軍徳川吉宗に政治改革の書として『政談』を献上した。

同書の中で徂徠は「妾というものはなくて叶《かな》わざるものなり」「子なければ妾をおく事通法也」[1]（傍点、筆者）という如く、世継ぎを得るために妾をおくことは社会の「通法」であると論じていた。
女性は子を産むための〝借り腹〟とみなされる時代は長く続いたのである。

一夫一婦制への長い道のり――「文明国」としてのジレンマ

一夫多妻制は明治維新を迎えてもなお日本において公認されていた。明治三（一八七〇）年一二月に最初の刑法典として制定された新律綱領（太政官布告第九四四号）は、公法との関係上、親族の範囲を整理する「五等親図」を定めていたが、この中で妾は妻と並ぶ「二等親」とされた。よって、妾は妻に次ぐ配偶者として戸籍に記載された。[2]

だが、ここで明治政府に重いジレンマがのしかかる。明治政府は幕末に欧米との間に締結した不平等条約の改正という喫緊の外交的課題を抱えており、これを実現するには、日本が西欧の法文化を継受した「文明国」として成長した足跡をかの国々に示す必要があった。

とりわけ国民の家族生活の基礎となる婚姻制度は、一国の開化の度合いを測定する規準とみなされる。すでに一九世紀の欧米においては、一夫多妻主義は野蛮な弊習として葬り去られていた。よって、一夫一婦主義への転換は日本が「文明国」たることを示す格好の証拠となる。福澤諭吉、森有礼ら明六社の啓蒙思想家による「廃妾論《はいしょう》」も世に一石を投じた。[3]

その一方で、蓄妾制の存続を支持する声が根強かったのもまた事実である。その強力な理由となったのが、世界に類例をみない「万世一系」の皇統が維持し得たのは侍妾がいたおかげであるとする主張である。[4]

結局、一夫一婦制が法制化されるのは、一八九八年の明治民法になってのことである。同法は第七七五条に「婚姻ハ之《これ》ヲ戸籍吏ニ届出《とどけい》ヅルニ因《よ》リテ其《その》効力ヲ生ス」と規定し、一夫一婦による届出婚主義が確立された。

これにより、いかに男女が熱愛に満ちた共同生活を送っていようとも、戸籍上に「婚姻」と記載されぬ限りは一般に「内縁」と称され、しばしば背徳的な行為としてそしりを受けるようになる。婚姻の法制化とともに国民の間にも西洋的価値観が浸透し、一夫一婦制は人類の従うべき倫理であり、「一夫一婦は自然の真理である」（下田歌子[5]）とさえ主張されるようになった。

だが、婚姻制度がどうあれ、妻のほかに何人でも妾を蓄えるという弊風は失せることはなかった。主人が〝給与〟を支払って妾との情交関係を結ぶ雇用契約として蓄妾を正当化する「妾契約」も横行していた。無論、それは相当に経済力の備えがある政治家、華族、そして犬神佐兵衛のような実業家といった富裕層にしかできない所業である。

こうした「妾契約」について、明治民法に照らして公序良俗に違反するものとして「無効」とする裁判所の判例[6]も散見する。だが、そこでも「妾契約」は「法律上無効なれば、斯《か》かる契約に基き貞操を提供せる者は、最初より貞操を蹂躙《じゅうりん》せらるゝことを予期し居《お》りたるものと解する外なく」（一九二一年大阪地裁判決[7]）などという具合に、司法も男尊女卑の価値観を当然の前提としており、妾とされた女性の人格や尊厳への配慮はおよそ念頭になかったのである。

生涯〝独身〟の佐兵衛――かなしき妾たち

さて、犬神佐兵衛は、婚姻はせずに幾人もの妾を囲っていた。だが、それは男子を産ませて家督相続人を確保するという現実的な目的からではなかった。

事の発端は、佐兵衛が野々宮大弐と男色関係をもったことにある。大弐の妻・晴世は、佐兵衛に夢中になって自分をないがしろにする夫に業を煮やし、実家に帰ってしまう。さすがに佐兵衛も野々宮家の夫婦関係が決裂することは望まず、いきおい野々宮家を出る羽目となる。これで夫婦仲は持ち直し、数年後に晴世は待望の第一子・祝子を産む。あにはからんや、祝子の父親は佐兵衛であった。佐兵衛は野々宮家を出た後も大弐の下に始終出入りしていたが、そのうちに晴世との不倫関係に至り、その結実が祝子というわけであった。

だが、佐兵衛としても晴世との密通を自重せざるを得ない理由があった。それは、社会的責任である。犬神製糸が一流企業に成長するにつれ、佐兵衛の社会的地位も責任あるものへと上昇していく。さすれば、人妻との不倫、しかも大恩人の妻を寝取ったことが醜聞となった時の風当たりを考えれば、遠からず不倫に終止符を打たねばならない。

そこで、佐兵衛は晴世を忘れるための性欲のはけ口として妾を蓄えることにしたのである。ただし、ひとりの妾を持つと、彼女に対して愛情が芽生える可能性もある。それを惧《おそ》れた佐兵衛は、妾を三人に増やした。彼女たちが佐兵衛からの寵愛を争って嫉妬をぶつけ合う姿を熟視することで、愛情どころか軽蔑の対象にまで見下げようとしたのである。まさに晴世に注ぐ愛情の止めどなさがもたらした、佐兵衛の倒錯的な性愛意識がここに見出せる。

松子は金田一や古館に「亡父は三人の誰にも、愛情などは微塵だになく、ただそのときどきの、けがらわしい男の情念を、みたす道具として飼っておいたのでございます。いえいえ、愛情どころか、亡父は内心その三人をさげすんでさえいたのです」とまくしたてていた。この激白は、妾に対してあくまで性的快楽という物質的感情以上は抱かぬように心掛けた佐兵衛の倒錯性を指弾している。「飼っていた」という表現からも、三人の妾、つまり松竹梅それぞれの母たちはまるで人間扱いされていなかったことがうかがえる。

この点については印象的なエピソードがある。広大な犬神家本邸の中にいくつもの離れがあり、犬神邸を訪れる人は、これらは何のために作られたのか?と疑問を抱く。松子曰く、これらの離れは佐兵衛が三人の妾を一人ずつ「飼っていた」場所であり、「畜生のような亡父の生活の名残り」であった。

本来であれば、このような扱いは「妾」と呼ぶにはふさわしくない。そもそも「めかけ」とは「目をかける」という意味からきており、主人がねんごろに愛情を注ぐ対象なのである。しかるに佐兵衛にとっての妾は、松子の言葉を借りれば「単なる性愛の道具」でしかなかった。

といっても、佐兵衛が無節操で傍若無人な好色漢であったかといえば、それも疑問符が付く。カネにものをいわせて芸者遊びをするでもないし、あたりかまわず女中に手をつけるということもなかった。やはり、燃え盛る晴世への愛情を鎮火したいという欲望が佐兵衛を非人道的な蓄妾へと向かわせたのであろう。

2　正妻になり損ねた不幸？――青沼菊乃の悲哀

佐兵衛の愛した女工――老いてなお燃える恋

晴世との不倫を何とか清算した佐兵衛であるが、新たなる恋慕の対象に遭遇してしまう。それが青沼菊乃である。菊乃は犬神製糸の工場で働く女工であり、もともとは孤児同然の身であったという。

戦前における女工といえば、日本の資本主義発展の犠牲に供せられた悲劇の存在として語られてきた。その過酷な労働状況は、紡績工場の女工を主に取材した細井和喜蔵のルポルタージュ『女工哀史』（一九二五年）が世に知らしめるものとなった。主に一〇代の少女たちが一日一二～一五時間におよぶ重労働を強いられる上、食事は粗末、寄宿舎は不衛生、おまけに自由な外出も制限された寮生活とくる。同書の中で紹介される「女工小唄」の「籠《かご》の鳥より監獄よりも寄宿住まいはなお辛い」という一節も有名である。

ただその反面で、出稼ぎ女工の大半は零細農民の出身であったため、ヒエや雑穀で飢えをしのいでいた実家での貧窮を思えば、食事に白米が提供されるだけ女工の方がまだましだと考える者も少なくなかったようである。

長野県の製糸工場には、県内外から多くの女工が出稼ぎに来ていた。同県の製糸女工の過酷な労働生活を描いた山本茂実のノンフィクション小説『あゝ野麦峠』（一九六八年）は一九七九年に山本薩夫監督により映画化され、大ヒットを記録した。映画では、主人公のひとりである女工（演じるのは原田美枝子）が工場主の息子に結婚をエサに言い寄られ、妊娠させられた上に捨てられ、帰省の途中で流産する。女工が妊娠したら労働力とならないので帰省を命じられ、未婚のまま「私生子」を産んだり、流産したりするケースが多かったとみられる。

佐兵衛が娘の松子よりもだいぶ年少の、二十歳にも満たない菊乃を見初めた時、彼はすでに五十の峠を越えていた。名もないご隠居が老いらくの恋に溺れるというのならまだ他愛もないことであろう。だが、犬神財閥の総帥にして当代一流の企業人に成り上がったことで佐兵衛にも「世間体」というしがらみがのしかかる。

松子曰く、「かりそめにも信州財界の巨頭、長野県の代表的人物、那須町の父ともいわれる犬神佐兵衛のその不始末でしたから、世間の風当たりも強うございました」「亡父も偉くなればなるで、政敵、商売がたき、その他いろいろの敵が多うございましたが、それらの連中が時こそいたれとばかりに、新聞に書き立てる」という次第である。とかく名士の女性関係は、敵対者がネガティブ・

キャンペーンを張るための絶好の材料となるのは古今を通じて変わりがない。

ここで佐兵衛の恋愛が「不始末」呼ばわりされるのは、ひとえに相手が女工であったからであり、「まだ十八や十九の、それも自分の工場に使っていた、ごく身分の低い女工の娘に、うつつを抜かしてしまったのですから、世間に対して、これほど外聞のわるい話はございませんでした」とは松子の弁である。女工ふぜいが身の程知らずな、といわんばかりの松子の言い草には、当時における女工の社会的地位がいかに低いものであるかが反映されている。

それにしても、野々宮晴世のような珠玉の如き美人というわけでもない（無論、平均的な美人の部類ではあろうが）菊乃に対して、なぜ佐兵衛がそこまで熱をあげたのか。その原因とみられるのは、菊乃が晴世のいとこの子（いとこ姪）であったという事実である。古館弁護士にいわせれば、晴世は佐兵衛が「生涯にただひとり愛した女」であり、事実上の妻同然であるとともに「慈母とも姉とも慕って」おり、「まるで神のごとくあがめ奉っている」存在であった。その晴世の血を受け継ぐ貴重な生き残りが菊乃であるから、佐兵衛は菊乃に晴世の面影を見出していたにちがいない。

佐兵衛の婚姻を阻んだもの——三姉妹の怨念

第1章でみた通り、佐兵衛が八一歳（数え年）で鬼籍に入ったのは一九四九年二月のことである。前述の通り、明治民法において隠居は六〇歳以上から可能であったから、とうに佐兵衛が隠居して家督相続が行われていてもおかしくはない。

しかも、佐兵衛は娘の松子、竹子、梅子にそろって婿養子を取らせている。第4章で述べるように、そもそも婿養子とは、戸主が男子をもたない場合に家督相続人を確保するという目的から、他家の男子を婿入りさせると同時に自らの養子とするものである。

したがって、佐兵衛は幾人もの妾を蓄えながら、なかなか男子が授からなかったため、家督相続に備えるための婿養子であったと考えるのが自然である。それゆえ年長の松子が佐清を授かった時、彼をゆくゆくは当家の跡継ぎにと期待したのも無理からぬことである。

だが、ほどなくして佐兵衛の妾、青沼菊乃が静馬を身ごもったのが事となる。これを機に佐兵衛が彼女を正妻に直すつもりだという風評が立ったのである。

松子によれば、「亡父は、どこの馬とも牛の骨ともわからぬような、小便くさい娘の愛におぼれて、私どもを追い出して、その娘をどこぞの家にひっぱりこもうとしている。しかも正妻として。(…)私の怒りが爆発したのも無理ではございますまい」と、その回想はあたかも菊乃が毒婦か男誑《たらし》であるかのような憎悪と憤怒にふるえていた。

松竹梅三姉妹が強く佐兵衛と菊乃の婚姻に反対した理由は二つある。

一つは、もし菊乃が佐兵衛の正妻となって男子を産んだとなれば、それは佐兵衛の嫡男としてゆるぎない家督相続人の座を占めるからである。とりわけ佐清を産んだばかりの松子にしてみれば、それにより佐清を将来の跡取りにという青写真はご破算となる。三姉妹の中でも松子の菊乃に対する憎悪がひとしおであった理由はそこにある。

もう一つは、彼女たち三姉妹が佐兵衛から父親としての愛情を微塵も与えられなかったという怨みからである。愛情どころか、三人が生まれた時にいずれも佐兵衛はひどく不機嫌でさえあったという。腹違いの三姉妹は生まれてこの方、仇敵同士のようにいがみ合ってきたが、自分たちが無縁であった父の寵愛を一身に受ける菊乃という憎んでも憎みきれない共通の敵に出くわしたことで俄然、共闘に転じたのである。

松子は父に対し、もし菊乃を正妻にするつもりなら、あなた方二人の命を奪って自分も死ぬ、と恫喝する。さしもの佐兵衛も松子の鬼気迫る剣幕に屈し、菊乃との婚姻を断念する。

それでも転んでもただでは起きない手練れの佐兵衛は、静馬が誕生すると犬神家の家宝である斧、琴、菊を与えている。斧、琴、菊は「よきこときく」(良きこと聞く)というお守り言葉になる。[8] この三種の家宝を手にした者こそが、犬神家の当主となることを意味する。しかしながら、この松竹梅に対するしっぺ返しが彼女らの怒りの炎に油を注ぐ結果となり、憎悪に狂った三姉妹は菊乃親子の住処を襲撃し、さんざん蹂躙した挙げ句に斧・琴・菊を奪い返してしまう。

それにしても、犬神家の戸主・佐兵衛の面子の潰されようは目に余る。いうまでもなく戸主は、家の秩序を維持し、一家を統制する最高権力者である。したがって、家族が婚姻や養子縁組をするには戸主の同意が必要であるのに対し、戸主が婚姻するのに家族の同意は不要であった。なぜそれが是認されたのかというと、近代日本国家においては、〝家庭の秩序は社会の秩序〟であり、それを律するのが戸主の役目であると当然に考えられたからである。

よって、戸主が庶子たる娘の干渉によって婚姻の意思を放棄するという事態は異例であろう。「世間体」をいうのであれば、菊乃との婚姻が世上の噂にのぼっていた佐兵衛が、娘の恫喝に屈して観念したことが知れ渡ったら、それはそれで佐兵衛も家長として面目丸つぶれではないか。そのあたりを考慮してか、『犬神佐兵衛伝』には、静馬誕生の事実は書き残されていない。

その後、静馬は後述のように親戚の津田家に養子に入り、他家の人間となってしまった。かくなる上は、佐兵衛は終身の家長として犬神財閥を牛耳り続けた。形式上、家督は譲りながら一家の手綱を握り続けるという〝大御所〟〝元老〟となる道さえも拒んだわけである。佐兵衛による家長の座への執着は、菊乃との婚姻そして静馬の家督相続を阻んだ松子への意趣返しではなかったか。

もし佐兵衛の三人の妾のうち誰か一人でも男子を産んだら、どうなっていたのか？　佐兵衛の静馬に対する愛玩ぶりをみる限り、やはり男子が生まれたらこれを家督相続人に据えたであろう。ただし、その男子を産んだ妾を正妻に直すかは怪しいところである。というのも、前述のように佐兵衛が妾を蓄えたのは男子を産ませる目的からではない。嫡男が家督を継ぐという家の常道に配慮するような佐兵衛ではあるまいから、生まれた男子を認知して庶子としておのれの戸籍に入籍させるのが関の山であろう。

佐兵衛が松子の反対もはねのけて菊乃と婚姻し、静馬が嫡出子となれば、家督ないし遺産の相続は紛糾をみずに済んだ。だが、そうなったらそうなったで、松竹梅の怨念がさらに増大し、また異なった形で犬神家に血の雨が降った可能性もありうる。つくづく厄介な血の因果である。

内縁の妻であり続けた菊乃──入籍をめぐる懊悩

結果的に犬神佐兵衛の「愛人」で終わった青沼菊乃が犬神家と縁を絶ってから、彼女の消息は古館弁護士も掴めずじまいであった。

だが、物語も終盤に入ったところで、どんでん返しが起こる。松子の琴の師匠として東京から犬神家に出稽古に訪れていた宮川香琴が、実は青沼菊乃その人なのであった。

視覚障害を患い、往年の面影はなくなっていた菊乃は、金田一、古館、橘署長が揃ったところへ出向き、宮川香琴を名乗る自らの正体を明かす。ここは物語の中でもひときわドラマチックな場面なのであるが、一九七六年映画版では、青沼菊乃と宮川香琴を別人物という設定に変えてしまったのは惜しいことである。一九七七年テレビ版にいたっては香琴は登場せず、菊乃はとうに病死したという設定にされている。[9]

菊乃は松竹梅の迫害を逃れて落ちのびた先の富山で琴の師匠、宮川松風と恋仲になる。しかし、松風には妻があった。やがて松風は妻が亡くなると、晴れて後妻として菊乃を入籍させようとしたが、菊乃はこれを辞している。菊乃が名乗る「宮川」姓は通称であり、内縁の妻であり続けたことを聞かされた金田一は、心中で「人生のはじめにおいて、ひとの妾としてスタートを切ったこの女は、その後も正式の妻とはなれず日陰の花として送ってきたのだ」と、「この薄倖な女の、暗い運命の星」をいたく不憫に思うのである。

このような金田一の感情には、婚姻とは戸籍に「夫婦」として入籍することであり、これこそが男女の幸福な恋愛の成就である、という戸籍意識が看取しうる。生涯未婚の金田一をして、である。なぜ菊乃は宮川松風と婚姻しなかったのか。その理由は意外なところにあった。菊乃曰く、「子どもでもあればともかく、うっかり戸籍をうごかしたりして故郷のほうへわたくしのことがわかりますと、また、どういう手づるで富山へ残してきた、子どものことがこちらさまへ知れようかと、それが心配だったものでございますから」。

ここで彼女が言わんとしていることは何か。菊乃が宮川松風と婚姻すれば、彼女の本籍にそれが通知され、青沼の戸籍から除かれて宮川の戸籍に入ることとなる。そうすると、苦心して隠していた静馬の居所が、鬼か蛇の如き松竹梅三姉妹に知れてしまうと危惧したのである。

だが、そもそも戸籍には現住所は記載されないし、本籍は個人の戸籍を保管する場所にすぎず、必ずしも住所を指すものではない。では、菊乃は一体、何を怖れたのか。考えられるのは、前章で述べた寄留制度との関係である。寄留法により、本籍以外の場所に寄留する者は、寄留地を管轄する役場に寄留届を出すことが義務づけられた。これにより、寄留地の役場から本籍の役場に当人が寄留している通知が行き、戸籍に記載される。引っ越して寄留地を変更しても、現在の寄留簿に従前の寄留地が記載される。したがって、当人の本籍の役場に照会すれば、寄留簿を通してその住所の異動がたどれる仕組みになっていた。

かつて松竹梅は、探偵を幾人も使って菊乃と静馬の居所（伊那の農家）を探り出そうしたことがある。その際も菊乃の本籍さえ明らかになれば、寄留簿をたどって彼女のみならず静馬の居所も突き止めることも可能であった。戸籍が個人の身元調査に利用されてきたのは、こういう検索方法を備えているからにほかならない。いうなれば、菊乃の婚姻を阻んだものは戸籍制度なのであった。

3　犬神家の結婚と恋愛――日本の婚姻制度は柔軟か？

結婚と家の重圧――個人ではなく「○○家」の結婚

日本における結婚には、今も昔も変わらぬひとつの特色が指摘しうる。それは、個人同士の結婚というよりも、家同士の結婚という色合いが強いという点である。

家柄が釣り合わない者同士が結婚しようとしても、まず相手の親からはもちろん、身内からも〝身の程知らず〟として反対される。身分違いゆえに実らぬ恋というのは、外国でも『赤と黒』や『椿姫』にみられるように、しばしば恋愛悲劇のモチーフにされる。

徳川時代まで結婚は、武士は武士同士、百姓は百姓同士という具合に、同じ身分の間でなすべきものというのが慣習法となっていた。明治維新で「四民平等」の国是が打ち出され、そうした身分違いによる婚姻の禁止は建前としては廃止されたものの、それは建前にすぎず、華族および軍人の婚姻については厳しく規制された。[10]

前述のように明治民法においては、婚姻には戸主の同意が必要とされていた。戸主の同意を得ずして婚姻をなした場合には「離籍」や「復籍拒絶」といった戸主による制裁が認められていた。「離籍」というのは、読んで字の如く「籍を離す」、つまり現在の戸籍から離脱させることである。一方の「復籍拒絶」というのは、婚姻や養子縁組によって他家に入った者が離婚や離縁によってその家を出て実家に戻ろうとするのを戸主が拒絶することである。いずれも、戸主の意に背いた者を家（戸籍）から排斥するものである。こうした戸主権は家族は戸主に扶養される立場である以上、家長に服従するのは自明とされ、家を統率する戸主の役目として必然と考えられていた。

戦後の新憲法において（戸主権は）廃止され、憲法第二四条により婚姻の自由が保障されることとなった。これにより、子の結婚に対する親の諾否は子が未成年の場合を除き、問題とされなくなった。

とはいえ、法律的にはともかく文化的・社会的には、婚姻は純然たる個人同士の問題よりも、やはり家同士の問題ととらえる風潮が今日も依然として残っている。婚姻は一組の夫婦が誕生するにとどまらず、互いの親族は親戚同士となる。よって、相手の家族に後ろ暗いところがあれば、当事者のみならず親戚にまでその塁が及ぶ。なればこそ、結婚相手について、その人格や能力はさておき、身分や血筋が当家の家柄にふさわしいものであると親兄弟がひととおり納得しないと結婚は許されないという場面はそれほど珍しいものではない。

結婚相手の氏素性を知るための道具となるのが、ほかでもない戸籍である。既述のように一九七六年まで戸籍は公開制であったので、戸籍は特定の人間の身元調査によく利用された。子が結婚するとなれば、親が興信所などに依頼して結婚相手の戸籍を閲覧させるということが自然に行われていた。

だが、翻って犬神家は、そのように家族の結婚相手の家柄を品定めしうるような〝名家〟などではない。犬神家との結婚を望む家があるとすれば、その親族たちの目当ては犬神財閥のもたらす莫大な財産に尽きるであろう。犬神家の婿養子となった男たちの狙いも同様のはずである（次章を参照）。

また、当主佐兵衛が娘の結婚相手に求めるとすれば、「犬神家の一族」にふさわしい家格などよりも、犬神財閥の経営者に足る人格と力量といったところであろう。かたや、「犬神家の一族」の間でも、少しでも多く遺産の分け前にあずかろうとの目的から、親族同士の結婚が画策されていた。

いとこ婚のたくらみ――佐智と小夜子の政略結婚

『犬神家の一族』は、いろいろな婚姻をめぐる話題を提供してくれるが、いずれも日本独特の「家族」と「血統」の観念を反映している。「いとこ婚」もそのひとつである。

犬神竹子の娘・小夜子と犬神梅子の息子・佐智は結婚を前提に交際し、小夜子は佐智の子を身ごもっていた。

さて、日本の法律上、いとこ同士は結婚できるのか？との疑問を抱く読者もいるに違いない。そこで法律をみると、明治民法では「直系血族又ハ三親等内ノ傍系血族ノ間ニ於《おい》テハ婚姻ヲ為《な》スコトヲ得ス」（第七六九条）として、三親等以内の婚姻を「近親婚」として禁止しており、現在もそれは変わるところがない。

この「直系血族」とは、自分と直系の血縁関係にある人を指し、A、自分よりも上―父母、祖父母、総祖父母、高祖父母など、B、自分よりも下―子、孫、曾孫、玄孫などがそうである。

また「傍系血族」とは、同じ祖先から分かれ出た人を指す。三親等以内でいうと、A、父または母が同じ―兄弟姉妹、B、祖父または祖母が同じ―叔伯父、叔伯母、甥、姪、である。

この傍系血族のうち「従兄弟姉妹」が俗にいう「いとこ」であり、四親等となる。よって、いとこ同士の婚姻は合法となるのである。

日本では古来、いとこ婚は近親婚として忌避されることなく自然と続いてきた慣習である。[11] 何より「日本臣民」のシンボルと崇められる天皇家においては、男系皇族による皇位継承、すなわち「万世一系」の皇統を断絶させないためには、いとこ婚も有効な手段のひとつであった。とりわけ古代天皇においては、いとこどころか、異母兄妹同士や叔父－姪の婚姻といった近親婚の例もみられた。[12]

国によっては、いとこ婚は近親婚として部分的あるいは全面的に禁止するところもある。とどのつまり、それはどの範囲までを「近親」とするかによる。

古代中国では、「宗法《そうほう》」という儒教思想に基づく家族法があり、そこでは「同姓不婚」の原則があった。宗法では父系の血統を重んじ、それを示すものが「姓」とされた。つまり「同姓」とは、同じ祖先と父方の血統でつながっている近親者を指す。したがって、父方のいとこ同士では婚姻できない。

かかる同姓不婚主義の目的は、ひとえに近親婚を穢れとして忌避するところにあった。現在の中国でも、いとこ婚は近親婚にあたるとして禁止されている。

朝鮮では、一三九二年に成立した李氏朝鮮（李朝）において「同姓同本不婚」という独特の原則が採用された。この「同姓」は中国におけるそれと同じ意味であるが、「同本」は朝鮮固有の概念である。「同本」とは、「本貫《ほんがん》（先祖の出身地）」を同じくする者、の意味である。同姓かつ同本である者同士は「近親」とみなされ、婚姻が禁止された。[13] もっとも、同姓でも本貫が異なる者、換言すれば母系血統が同じ者同士であれば婚姻が許された。

大韓民国（一八四八年―）となってからも、一九六〇年制定の民法において同姓同本不婚の原則は継承された。だが、同姓同本不婚の思想は父系血統を優先するものであるから、男女平等という普遍的理念に背馳するのは明白である。そして何より、何百年も前の祖先が誰かによって結婚を左右されるというのは、個人の婚姻の自由に反する。

ついに韓国の憲法裁判所は一九九七年に同姓同本不婚の原則に対して違憲判決を下し、二〇〇五年に民法における同姓同本不婚の規定は廃止となった。

とはいえ、依然として韓国では八親等以内の血族同士の婚姻を禁止している。よって、韓国法に従えば、佐智と小夜子は同姓同本であり、それを措いても両者の婚姻は近親婚となる。

こうして中国、朝鮮（韓国）と比較してみれば、日本では婚姻の規制が格段にゆるやかであることがわかる。そこはやはり養子の場合と同様、血縁の維持よりも家の維持という目的が優位に立つからである。

元はといえば、犬神家における佐智と小夜子の結婚を画策したのは、佐智の両親の梅子と幸吉である。小夜子は幼少の砌から佐智に好意を抱いていたが、佐智の方にはそれに釣り合うだけの感情はなかった。にもかかわらず、梅子と幸吉は犬神家の財産を少しでも多くかき集めようという魂胆から佐智を説き伏せ、小夜子に御追従をもって接し、結婚を斡旋したのである。ここにも、日本における結婚が個人の意思よりも家の利益によって左右されるという構図が表れている。

だが、佐兵衛の遺言において小夜子と結婚したところで遺産相続の上で何の利得もないことがわかると、彼女に対する佐智親子の態度は手のひら返しに冷たくなり、逆にそれまで冷淡に接していた珠世にすり寄るのである。土台、珠世が絶世の美女であり、そこに犬神家全財産の相続権という特大のおまけが付いてくるのであるから、とりわけ佐智の心変わりもやむなしである。

対して、佐智の子を宿していた小夜子の愛情は揺るぎなかったが、佐智が殺害されたため、彼女は未婚の母となる。犬神家にまたも生まれるこの婚外子は戸籍上、竹子の孫となるので、三代戸籍を禁止する戸籍法により竹子の戸籍には入れない。よって、小夜子が竹子の戸籍から分籍し、小夜子が筆頭者となる戸籍にその子は入ることとなる。

もし佐智が生前に認知していなければ、子の父親欄は空欄となる。「父なし子」では気の毒と考えるのならば、死後認知という方法が残されている。現行民法第七八七条により、父親が死亡して三年以内であれば、検察官に対して認知の請求を申し立てることができる。ここで父子関係が認められれば、子は父の認知を受けたものとなり、戸籍の父親欄に名前が記載される。

もっとも、小夜子は佐智の死によって発狂してしまったため、まともな育児はできそうにない。となると、その子の育ての親は竹子か、または珠世になりそうである。

金田一を驚愕させた佐兵衛の男色関係

人間、誰でも墓場まで持って行きたい隠し事が何かしらあろうものである。とりわけ、自らの性生活にまつわる話となるとなおさらであろう。

犬神佐兵衛の破天荒な性生活は、その実態が明るみになればなるほど、金田一たちを驚愕と混乱に陥れていった。幾人もの妾を囲っていた事実もしかりであるが、それ以上に金田一の度肝を抜いたのが、佐兵衛が野々宮大弐と男色の契りを結んでいた事実である。この『犬神佐兵衛伝』でも伏せられている秘め事を那須神社の大山神主から聞かされた時、金田一は「まさに青天の霹靂《へきれき》だった」。もっとも読者は、物語の冒頭で語られる佐兵衛の略歴において、彼と大弐の男色関係を早々に知るわけであるが。

肝心なことであるが、男色を同性愛とまったく同一視するのは誤りである。男色は男性同士の間で営まれる性交渉であるが、基本的に年長男子の年少男子に対する少年愛（時には幼児愛）の形で現れることが多い。そして男色家は美少年のみならず、異性に対しても愛情を抱くという両刀使いが大抵である。

日本における男色文化は、九世紀前半に唐への留学から帰った空海が持ち込んだものと伝えられている。仏僧社会では出家した男子が女犯《にょぼん》（女性と性交渉をもってはいけない）の戒律を守ろうとするところから師弟関係における男色が浸透し、やがてそれは公家社会にも伝播していった。そして室町時代以降、男色は将軍・大名から一般武士に至るまで武家社会に流行の広がりをみせていった。これは、女人が豊富にありながらある種〝粋な趣向〟として男色が好まれた貴族社会とは事情が異なる。軍陣は女人禁制が当然であるから、美少年の小姓《こしょう》が異性に向けるべき性欲のはけ口とされたのである。有名な織田信長と森蘭丸の関係をみるまでもなく、妻子ある身で小姓を寵愛した将軍や大名は数知れない。

武家社会における男色は「衆道《しゅどう》」とも呼ばれた。徳川時代は「武士道」「天道」「政道」というように、人として範を垂れるべきものが「道」とされたが、「衆道」も男性ならではの剛健な趣味として美化されたのである。本作において横溝正史が佐兵衛と大弐の男色関係を「衆道」と称しているのは、二人の性愛関係を武家よろしく〝高潔なもの〟に昇華させようとの意図からであろうか。

江戸時代に入り、三都（江戸、大坂、京都）では武士や町人の間で男色文化が花開き、地方にも伝播していった。江戸初期に人気を博した、美少年が女装して演舞する若衆《わかしゅう》歌舞伎がやがて徳川幕府から禁止されると、替わって若衆の男娼が男性客を取る陰間茶屋《かげまぢゃや》が繁盛するなど、男色は風俗産業として隆盛をみせた。

男色は時代時代の文学においても生々しい顔をみせてきた。一三世紀前半に成立した説話集『古事談』には、平安時代に摂関家の藤原頼通が同家に仕える源長季《ながすえ》を元服前までいたく寵愛したという記述がある。江戸時代には、歌人や俳人として知られる北村季吟は男色に関する和歌や物語を集録した『岩つゝじ』（一六七六年）を刊行し、浮世草子でおなじみの井原西鶴は『男色大鑑《だんしょくおおかがみ》』（一六八七年）で武家と町人双方の社会における男色の多彩な情景を描いている。西鶴は同書の中で「男色ほど美なる翫《もてあそび》はなきに、今時の人、この妙なる所を知らず」と述べている。[14]

だが、江戸時代後半になると、徳川幕府も風紀の粛正という見地から男色文化について統制の手を強めるようになる。特に老中水野忠邦による「天保の改革」では、風俗の取締りを徹底するために天保一三（一八四二）年に陰間茶屋の営業を禁止した。

それでも、国家が人間の性癖をことごとく封殺することなど到底無理であり、男色の風習は消え失せることはなかった。明治以降には、男色は従来の少年愛から、学校や軍隊など男所帯の中で同世代の若者が愛をつむぐ同性愛へと変容をみせて生き続けた。ただし、刑法の前身である一八七三年の改定律例において男性同士の性行為は「鶏姦罪《けいかんざい》」として処罰の対象とされたが、一八八〇年施行の旧刑法でこの規定は削除された。

大正期になると、同性愛は「変態性欲」[15]の一種として理解され、医学的、心理学的観点から分析および治療の対象とみなされるようになる。つまり〝嗜好〟として珍重する男色としてではなく、生まれもった本能の〝病気〟として同性愛をとらえる風潮が強まっていくのである。

佐兵衛の屈折した性愛——これも男色の代償なのか

横溝正史の作品には、『真珠郎』や『獄門島』など美少年・美青年が重要な役どころとなるものがいくつかある。正史自身、「美少年趣味」があることを認めており、為永春水の『北雪美談時代鏡』や滝沢馬琴の『近世説美少年録』という江戸時代の男色小説や、谷崎潤一郎の『恐怖時代』の影響を強く受けたという。[16]

野々宮大弐が佐兵衛に捧げ続けたのは、まさしく美少年愛である。神官という聖職にある大弐が乞食同然であった佐兵衛にたいそう目をかけたことは、初めこそ貧者に救済の手を差し伸べようという慈善的な意図からであったかもしれない。そこから男色という性愛関係に転じていったのは、何より佐兵衛が「たぐいまれな美少年」で「玉のよう」な美貌の持ち主であったためである。

そこに加えて、大弐の愛情を煽る誘因となったものは、裸一貫からのし上がっていこうという野心的な若者を存分に庇護してやりたいというパターナリズムではなかったか。けだし、子をもうけることのなかった大弐にとって佐兵衛は親子同然の年齢差があったことから、佐兵衛に対する少年愛は父性愛という側面もあわせ持っていたと思われる。父親という存在を知らぬまま思春期を迎えた佐兵衛にとって、初めての男色の経験が、初めての父性愛の経験でもあったといえよう。

だが、二人の関係が晴世に知られて大弐夫妻の間に亀裂が生じたため、大弐は佐兵衛との約三年にわたる男色関係に終止符を打つことを選んだ。那須神社の宝蔵に眠っていた唐櫃《からびつ》には、二人の間で交わされた手紙やら、日記やらが収められていた。これは大山神主が発見したものであるが、唐櫃の目張り紙には「野々宮大弐、犬神佐兵衛両名立会《たちあ》イノ下ニ、之《これ》ヲ封印ス。明治四十四年三月二十五日」と書かれていた。「明治四十四年」は一九一一年である。この約二カ月後に大弐は数え六八歳で逝去するが、佐兵衛との享楽の日々を二人だけの秘め事として愛おしみつつ墓場に向かったのであろう。

見逃せないのは、その後の佐兵衛の性生活には、この男色経験が深く影を落としているのではないか、という金田一の見解である。金田一は、佐兵衛が幾人もの妾のみならず、実の娘たちに対しても無情な態度で接し続けたのは、「人生のはじめにおいて、同性愛の経験をもったことが、その後の佐兵衛翁の性生活に影響して、妾や娘たちに対しても人間らしい感情をもつことができなかったのではあるまいか」と想像をめぐらせている。

すなわち、エキセントリックな性癖の虜へと成り下がるほどに佐兵衛の理性と倫理を崩壊させた元凶は、思春期における同性愛の体験にあったと金田一は解釈するのである。これから察するに、大山神主から大弐と佐兵衛の男色関係を知らされた時に金田一がみせた激しい驚愕は、男色を倒錯した「変態性欲」として理解していた彼の思考を発露したものではないか。

探偵というのは、目の前に起きた事象を複眼的にとらえることを本領とする職業である。その金田一をもってしてもこうした意識を抱くところに、「敗戦後」という旧来の価値観を劇的に転換させた時代にあってもなお同性愛に対する社会の偏見や蔑視の度合いは代わり映えしなかったことがうかがえる。

今日の世界では、LGBTQ（性的少数者）[17]の恋愛の自由は当然の権利とする潮流にある。二一世紀以降、同性同士の結婚の権利を法的に保障する国が世界で急速に増えており、二〇二一年八月現在で同性婚を合法とする国および地域は二八ある。また、同性婚を婚姻に準ずるものとして公認するパートナーシップ制度を備える国も増えている。

こうした潮流にあって、同性婚を保護する法制度が何も整備されていないのは、主要七カ国（G7）の中では今や日本のみである。[18]金田一の抱いたような同性愛認識は、七〇年を経た今も日本の中枢に巣食っているのではないか。

4 「罪ある結合の罪なき果実」――婚外子の戸籍はこうなる

「私生子」と「庶子」の分かれ目――父の姓か、母の姓か

犬神佐兵衛は法律上、独身を貫いたので、松子、竹子、梅子の三人の娘は、それぞれ異なる佐兵衛の妾が生んだ婚外子である。

前述の通り、明治民法および明治三一年戸籍法をもって一夫一婦による届出婚主義が確立された。

これにより、婚姻届を出して戸籍に「婚姻」と記載されない限り、男女の結合は一般に「内縁」と称された。内縁の子は「私生子」という法律用語が充てられたが、父親に認知されれば法律上「庶子」となり、「私生子」と区別された。

つまり、同じ婚外子でも「私生子」と「庶子」の違いは、父親の認知を受けたか否かにある。明治三一年戸籍法は、生まれた婚外子の扱いについて、「庶子出生ノ届出ハ父ヨリ之《これ》ヲ為《な》シ私生子出生ノ届出ハ母ヨリ之ヲ為スコトヲ要ス」（第七一条第二項）と定めていた。婚外子の出生届をその父親が出す時は、我が子として認知したも同然なので、それがすなわち「庶子出生ノ届出」となるのである。一方、「私生子」は、父が実子として認知しなかった子であるから、母がその出生届を出すよりほかなかった。

したがって、婚外子と氏（姓）の関係でいうと、庶子は父の戸籍に入るので父の姓となるのに対し、「私生子」は母の戸籍に入るので母の姓となった。

子にしてみれば、私生子だの庶子だのと呼ばれるのはあずかり知らぬところであるが、一九一四年戸籍法では、出生届に「子カ私生子又ハ庶子タルトキハ其旨《そのむね》」（第六九条第二項）を記載することが規定された。「婚外子」として生まれた事実を戸籍上に厳然と明記し、かつ公開することで、国民が法律婚を遵守するように心理的圧迫を与える効果をもつのである。

だが、父に認知されたとしても庶子がすんなりと父の家（戸籍）に入れるかは、また別問題である。明治民法では、「家族ノ庶子及ヒ私生子ハ戸主ノ同意アルニ非サレハ其家ニ入ルコトヲ得ス」

（第七三五条第一項）と定めており、戸主の同意がない限り（父が戸主であれば問題ないが）、婚外子は生みの親の家に入れなかった。家制度においては、誰を「家族」とするかは戸主の裁量で決まったのである。

そして家督相続において、婚外子は能力や人格に関係なく、その相続順位は嫡出男子よりも下位に置かれた（第九七〇条第二・三号）。また、遺産相続においても、庶子の相続分は嫡出子の半分と定められた（第一〇〇七条）。この婚外子差別の規定が戦後の新憲法施行後も生き残ったのであるが、二〇一三年に憲法第一四条の定める「法の下の平等」に違反するという最高裁の違憲判決を受け、ようやく民法から削除された。

ただし、男子の庶子の家督相続順位は女子の嫡出子よりも優先されたこと（第九七〇条第二号）に注意すべきである。これは男尊女卑の価値観が投影された規定であることは贅言を要すまい。それゆえにこそ、私生子の相続順位は、たとえ男子であろうとも女子の庶子よりも下位に置かれたこと（同条第四号）の意味は重い。

国民に「正しき婚姻」を浸透させたい国家としては、その犠牲を婚外子に払わせたのである。

「長女・二女・三女」ではない三姉妹――婚外子ゆえの続柄

以上のような家制度における婚外子の扱いをふまえて、犬神家の松子、竹子、梅子三姉妹の戸籍関係を考えてみよう。

まず、姓の問題である。彼女たちの姓は犬神であり、それぞれの夫や子も同じく犬神姓を名乗っている(既述のように、三人の夫は婿養子である)。となれば、彼女たちは佐兵衛から認知され、庶子として佐兵衛の戸籍に入籍していると考えるのが妥当である。

次に、戸籍における「続柄」の問題がある。続柄は父、母、祖父、祖母、妻、兄、姉、弟、妹など、戸主と同じ戸籍にある者が戸主からみていかなる血縁関係にあるのかを意味した。

とりわけ子については、出生順に長男、長女、二男、二女、三男……という具合に順位がつけられた。だが、養子・養女の続柄は、そのまま「養子」「養女」と記載され、実子との識別が明示された。このように戸籍に表示される続柄によって個人は家のなかで序列化されるのである。その結果、「長男の嫁」「二男坊」という如き、個人の属性を家との関係で規定する価値観が浸透するものとなった。

そもそも戸籍に続柄を記載する目的は何かといえば、ひとえに家督相続の順位を決めるためであり、それ以外に何ら合理性はない。それゆえ、家督相続が廃止されている今日では、戸籍における続柄は無用の長物といってよい。

それどころか、続柄は婚外子への差別を惹起するものですらあった。明治民法の下で婚外子の戸籍における続柄は、私生子であれば「私生子男」「私生子女」、庶子であれば「庶子男」「庶子女」と記載され、出生届にも同様に記載された。つまり戸籍における続柄をみれば、子が嫡出子か否かが明らかになるのである。これにより、特に〝父《てて》なし子〟である私生子は〝邪淫の子〟としていわれなき誹謗や差別の的となり、結婚や就職などにおける社会的差別の再生産につながった。

だが、一九三〇年代から日本が戦時体制に入り、「挙国一致」を強固にする必要から、ようやく国家は婚外子差別の緩和にも目を配るようになった。司法省は一九四二年二月に民法を改正（一九四二年法律第七号）し、民法条文中にある「庶子及び私生子」の文言は「嫡出に非《あら》ざる子」へ、また「私生子」は「子」へと改められた。これに伴い、戸籍法をはじめ民法関連法からことごとく「私生子」の文言は姿を消した。[19]なお、「庶子」の文言が廃止されるのは、戦後の新民法においてであった。

といって、新民法において婚外子の続柄は「長男」「長女」へと改められたわけではない。それでは嫡出子との区別がつかなくなるので、単に「男」「女」と記載するように変更されたのである。これが嫡出子と同じく「長男」「二男」といった形に改められるのは二〇〇四年まで待たねばならなかった。

したがって、松子、竹子、梅子は作中では読者に配慮して「長女の松子」「二女の竹子」「三女の梅子」と呼ばれているが、戸籍上の佐兵衛との続柄はいずれも「庶子女」と記載されたのであり、それが戦後の民法改正以降は単に「女」と変わったわけである。ただ、さすがに長幼の序をわきまえてか、竹子は松子を、梅子は松子・竹子を、それぞれ「～姉様」と呼んでいる（もっとも、佐武を殺された竹子がその犯人として陰で「松子」「あいつ」と呼び捨てにする場面はあるが）。

また、戦後の新民法では、認知の事実は父の戸籍の身分事項にも記載されるようになった。このため、実父と同じ戸籍に入っていても嫡出子ではないことが判明する。

これが世間体を気にする妻や嫡出子からの反対に遭い、父が認知を躊躇する原因となった。父が不倫をはたらいて婚外子をつくったことが世に知れれば、子どもの就職や結婚に支障をきたすと考えられたのである。それというのも、戸籍は一九七六年まで公開制であったためである。戸籍に記載された認知の事実は、転籍や新戸籍の編製をすれば、新戸籍には移記されない。だが、従前の戸籍をみれば、それは一目瞭然となるのである。

物語のなかで松竹梅三姉妹の生い立ちについては語られてはいない。だが、名だたる財閥となった犬神家とはいえ、否、だからこそ、戸主（父）から腹違いの婚外子に処された三姉妹という事実が少なからず彼女らの半生に影を落としたことは想像に難くない。

野々宮珠世は誰の子か？――「実父」と戸籍上の「父」

犬神佐兵衛の罪作りな遺言が犬神家関係者一同の前で公開される場面は、物語の前半におけるクライマックスといえよう。第1章で述べたように、佐兵衛の遺言において、条件つきながら犬神家の全財産と全事業の相続人とされたのが、野々宮珠世である。

まず「野々宮姓」と聞いて、読者はなぜ珠世のようなよそ者が犬神家の第一相続人に選ばれたのか？という疑問がとっさに湧いてくるであろう。

一九七六年映画版では、そのあまりにも突飛な遺言の内容を知って竹子と梅子が激昂し、古館弁護士に食ってかかるシーンがある。そのなかで「真実の娘が相続の対象にならないなんて、そんなの遺言でも何でないわ。あなた、それでも弁護士？」（梅子）、「血縁がない娘が財産を持っていっちゃうわけ？」（竹子）というセリフが飛び出て来る。まだこの時点では、金田一を含めて一同の中に珠世の出生の秘密を知る者はいないのであるから、そう思うのも無理はない。親族のなかでひとり遺言の内容を盗み見ていた松子にいたっては、憎悪のあまり遺言の公開前から珠世の殺害計画を何度も実行に移している。

野々宮珠世は、戸籍上は野々宮大弐の孫ということになっている。だが、物語の終盤になって、珠世の母・野々宮祝子は、佐兵衛が野々宮大弐の妻・晴世と密通して生まれた子であることが判明する。大弐はそもそも女性に対して性欲を覚えない人であったため、晴世の処女は佐兵衛に捧げられた。佐兵衛が二〇歳、晴世が二五歳の時に二人は結ばれるが、佐兵衛にとっても晴世が童貞を捧げる相手となった。その結実である祝子から産まれたのが珠世である。したがって珠世は血縁上、佐兵衛の孫となる。また、前述のように晴世のいとこ姪が青沼菊乃であるから、珠世は菊乃とも血縁続きということになる。

古館弁護士とて佐兵衛の遺言書の内容を知った時、ただちに珠世の出自を綿密に調査したはずである。弁護士ならば珠世の戸籍や祝子の除籍簿をひと通り閲覧するくらいは朝飯前である。だが、職業柄、数えきれないほどの戸籍を眺めてきたであろうベテラン弁護士といえども、さすがに戸籍に祝子の父が「野々宮大弐」であると明記されていれば、よほどの裏付けがない限りはそれを疑ってかかる余地は生じまい。

問われるべきは、なぜ野々宮大弐はあえて祝子を実子として届けたのかである。作中では、「当時はまた『チャタレイ夫人の恋人』という小説は世に出ていなかった。夫が不能者だからといって、妻がほかに恋人をつくっていいというような寛大な精神は、日本人のだれにもなかった」と述べられている。

『チャタレイ夫人の恋人』は、一九二八年に発表されたイギリスのD・H・ローレンスによる小説である。その内容は、貴族の妻となった女性が、戦傷によって性的不能者となった夫に不満を覚え、夫の使用人（彼も既婚者）との不倫にのめりこんでいくというものである。肝心なのは、不能となった夫が妻に自分に代わる男（貴族に限定）と結ばれて跡継ぎとなる男子を産んでほしいと要望するのであるが、妻の不倫相手がよりによって労働者階級であったという部分である。

日本の場合、養子制度が整備されているので、実子が生まれなかった場合でも家督相続人は確保できる。それゆえ、不能である夫が妻に不倫を勧めるとすれば、その目的は跡継ぎをもうけることよりも、妻の性欲を処理させるという部分が大きいであろう。

大弐は晴世が佐兵衛と密通していることを察していながら、佐兵衛を咎めだてはしなかった。それどころか、むしろ二人の密通を歓迎さえしていた。祝子の父がほかならぬ佐兵衛であればこそ、大弐は祝子を我が子として出生届を出したのであろう。けだし、佐兵衛との男色関係に対する背徳感と、妻でありながら「女」として愛せなかった晴世に対する罪悪感にかられた大弐が、両者に対する贖罪意識から祝子をわが子として入籍させたと考えられる。

佐兵衛は佐兵衛で「生涯にただひとり愛した女」である晴世との間にもうけた祝子を実子として育てることができなかったという悔恨が終生、尾を引くこととなった。佐兵衛にしてみれば、同じ自分の血を分けた子でありながら、栄華を誇る犬神家で裕福な生活に安住している松竹梅と比べ、貧乏な神官の家に一人娘として残った祝子が不憫でならなかった。かかる不平等に対する憤りもあって佐兵衛は松竹梅に対して冷酷な父親となり、さらに遺言で珠世にあのような破格の恩典を残したのである。

もっとも、跡取りと見込んでいた静馬が犬神家を出てしまった以上、佐兵衛は孫の佐清を静馬に代わる跡取りにし、その嫁に珠世をと考えていたふしがある。これも珠世の可愛さ以上に、その母である晴世への絶ち切れぬ慕情からであろう。

子は親を選べないにもかかわらず、親の咎《とが》を子に負わせるのは不条理というものである。松竹梅からすれば、父から庶子という地位に留め置かれた上に、相続においても等閑に付される理不尽に憤懣やる方ないのもまた道理であろう。一方、遺言で思わぬ厚遇を与えられた珠世にしても、そのおかげで松子から恨みを買って受難の日々となるのであるから、手放しで喜べぬ祖父からの愛情であった。

5　横溝家の戸籍――悲劇の種は父の業《ごう》？

婚外子が核となる物語――ゆがんだ父子関係

婚外子を「罪ある関係の罪なき果実」という時の「罪」とは、男性の身勝手に負うところが大きい。だが、望まぬ子をつくってしまったことに対する男性側の罪の意識は得てして希薄であり、男尊女卑の価値観がまかり通っていた戦前であれば、男性の無自覚はなおさらのことである。

佐兵衛の生んでいった婚外子たちは、当人たちも知らぬ複雑な血縁のもつれ合いによって運命を狂わされていくわけである。

ただし、前章でみたように佐兵衛の婚外子とひと口にいってもだいぶ境遇が異なる。静馬と野々宮祝子は、佐兵衛が夫婦同然にひたむきな愛情を注いだ女性（青沼菊乃、野々宮晴世）との間にもうけた子である。これに対し、松竹梅三姉妹は、佐兵衛がその放埒《ほうらつ》な性欲を処理するために囲っていた妾たちが生み落とした〝願わざる子〟である。

婚外子というのは、妾が主人の子を生むという契約的な関係以外にも、行きずりの男女の火遊びや、男による強制的な性交といった突発的な関係から生まれる場合も多い。生まれた婚外子について、母は分娩という事実によって母子関係が成立するが、父子関係は父が子を認知しないと成立しないため、父子の紐帯は母子のそれと比べて脆弱とならざるを得ない。それゆえ、〝父なし子〟として母の手で育てられた婚外子は、父よりも母との関係性が親密になるのは自然なことである。

そうした父子関係のもたらす因果が物語を負の方向に導くという展開は、他の金田一シリーズにも見てとれる。

例えば、『悪魔の手毬唄』である。ここでは、連続殺人犯となる旅館の女将が標的としたのは、色魔の夫が三人の浮気相手にそれぞれ生ませた女子である（それ以前にも夫を含めて二人の男性を殺しているが）。殺人の動機は、夫の婚外子たちは器量よく恵まれて育ったのに対し、自分が生んだ娘（つまり嫡出子）は生まれつき大きなアザが顔にあり、人前に出るのをはばかって土蔵住まいというのは理不尽であるという憤りからであった。

特に一番目の犠牲者となった女性は、女将の息子と結婚を前提に交際していた名家の娘である。この二人が自分たちは異母兄妹であると知らずに愛し合っていたことも、女将の犯行を促す原因となった。このようなとばっちりの元凶である夫は、当然の報いとして正妻（女将）の〝制裁〟を受けた（殺された）。

『八つ墓村』では、主人公の実の父は誰かが物語のカギとなっている。主人公の青年は〝三二人殺し〟の犯人・田治見要蔵の息子として、凶悪な殺人鬼の血を引く男だとさんざん誹謗を受ける。だが、要蔵は戸籍上の父にすぎず、青年の実父は母の不倫相手であったという〝血の行き違い〟が結末で明かされる。戸籍に記載された「事実」とは何なのかを知らしめる作品でもある。

金田一耕助最後の事件を扱った『病院坂の首縊りの家』になると、長編だけに登場人物の親族関係が『犬神家の一族』よりも輪をかけて複雑である。三つの旧家（法眼《ほうげん》、山内、五十嵐）の間に婚外

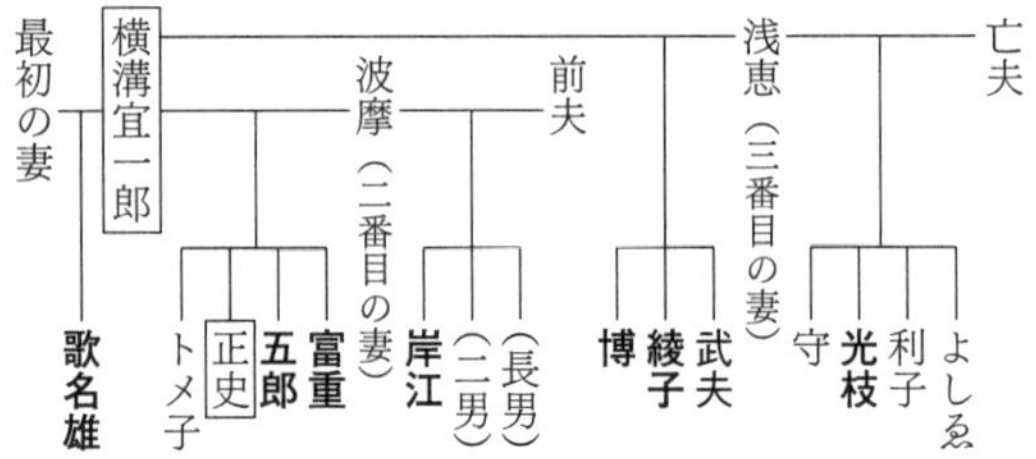

横溝家の家系図（太字＝正史と同居していた者）

子、養子などの親子関係が入りくんでおり、映画では脚色により多少簡略化されてはいるが、それでも登場人物の位置づけを把握するのにひと苦労である。

いずれの作品も、性欲にかまけた男性とその願わざる婚外子というゆがんだ父子関係が、惨劇をもたらす要因を作り出しているという共通項がある。かく考えると、横溝正史には、男性（父）の横暴に対する批判、そして父性愛なるものに対する強い不信感が嗅ぎ取れるのである。

横溝宣一郎と三人の妻——産み落とされた八人の子

小説はたとい創作にせよ、多かれ少なかれ作者の人生経験、とりわけその成長期における物理的ないし心理的な体験が投影されがちである。本作では、犬神佐兵衛という〝父〟の存在が大きな物語の核となっていることはここまでの記述でわかるであろう。では、横溝正史の父親とはどのような人物であったのか。

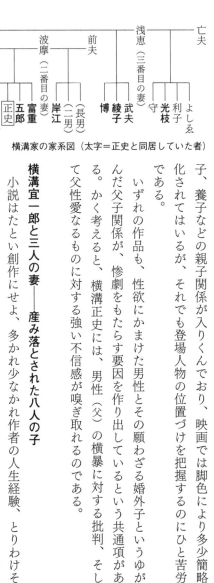

正史は自伝「書かでもの記」（一九七六年）の中で自らの少年期の家族関係について赤裸々に綴っており、以下の記述もこれによる。

父の宜一郎は、正史曰く「明治二年の生まれと聞いて」（傍点、筆者）おり（戸籍を確認しているはずであるが?-)、岡山県浅口郡船穂村（現・倉敷市船穂町）柳井原の出身である。横溝家は中流地主の家で「土地ではそうとうの旧家」であったらしいが、戸籍には「平民」とあり、どういう家柄なのかはわからないという。[20]

宜一郎は最初の妻との間に長男・歌名雄をもうけた。『悪魔の手毬唄』に登場する犯人の息子と同じ名前である。だが、宜一郎は三人の子を抱える人妻・波摩《はま》と不倫の関係になるや、一八九六年に母と妻と歌名雄を捨てて波摩と駆け落ちする。波摩も夫と二人の息子を置き去りにし、末っ子の岸江だけ連れて宜一郎の元に走った。宜一郎に去られた妻は、実家に戻った後、まもなく便所で首をくくった。また、正史がのちに継母・浅恵から聞かされた話では、波摩に去られた夫と宜一郎は同じ横溝姓であるが、「違い先祖からの別れで代々仲が悪く」、駆け落ち事件の当時は柳井原の村長（前夫）と助役（宜一郎）という関係で「しょっちゅう啀《いが》みあっている」険悪な間柄であったという。[21]

横溝宜一郎

正史曰く「罪深き夫婦」[22]の宜一郎と波摩は神戸市の東川崎に落ち着き、富重《とみえ》、五郎、正史、トメ子（生後まもなく死亡）という二男二女をもうけた。もっとも、正史よりも五歳年長の富重は、波摩が宜一郎と駆け落ちした時には彼女のお腹の中にいたので、実の父は誰かわからないという。しかも富重の横溝家への入籍はその出生から一年遅れたというから、本当は正史と六つ違いである。入籍が遅れた理由は不明であるが、単に出生届の提出を失念したのか、あるいは認知などの関係で紛糾したのであろう。

正史が五歳の時に波摩が亡くなると、まだ三八歳であった宜一郎は三人目の妻・浅恵（亡夫との間に一男三女があったが、二女光枝のみを連れての再婚であった）を娶り、彼女との間に武夫、綾子、博の二男一女をもうけた（綾子は生後まもなく死亡）。世話好きの浅恵は、宜一郎が捨てた母と歌名雄を横溝家に引き取った。満年齢で二歳の時に捨てられた歌名雄はこの時、一五歳になろうかという年頃であった。十数年の時を経て再び父と暮らすことになるとは、夢にも思わなかったであろう。

ここで両親が離婚した場合、子の戸籍はどうなるかという点について確認しておこう。既述のように、明治民法の下では「妻ハ婚姻ニ因《よ》リテ夫ノ家ニ入ル」（第七八八条第一項）、「子ハ父ノ家ニ入ル」（第七三三条）というのが原則であった。離婚となれば、他家から入家した妻が婚家を去らねばならないが、子は父の家に残る。現行戸籍法の下でも、子は両親が離婚した後も戸籍筆頭者（大半は父親）と同じ戸籍に入ったままである。

そして、同じ戸籍に入っていても同居の義務はないことは新旧の戸籍法で一貫している。したがって、歌名雄は宜一郎に捨てられた後も、父の戸籍には「長男」として居残ったわけである。

では、波摩の連れ子である岸江はどのような扱いになるのか。もし岸江を横溝家に入籍させるのであれば、新たに法的な手続を要する。明治民法第七三八条によれば、婚姻により他家に入った者に子がある時は、婚家および実家の戸主の同意を得て、その子を婚家に入籍させることが認められた（これを「引取入籍」と称した）。つまり宜一郎および波摩の前夫がともに同意すれば、波摩の娘を横溝家に入籍させることができた。だが、自分を捨てて出て行った妻が娘を引き取ることに前夫が素直に同意するであろうか。

そもそも正史によれば、宜一郎と波摩は「ふつうの合法的夫婦ではなかった[23]」ということであるが、これは二人が事実婚であったという意味であろう。だが、二人の駆け落ちは一八九六年なので、届出婚制度を定めた明治民法が施行される二年前のことである。この明治民法施行前は事実婚主義が採られていたので、婚姻届を出して戸籍に「婚姻」と記載されていなくても法律上の「夫婦」として認められた[24]。これに基づけば、宜一郎・波摩は「合法的夫婦」であり、正史をはじめ波摩が宜一郎との間に生んだ二男二女は嫡出子ということになる。

ただし、事実婚主義の下では、婚姻を解消せずに別の者とさらに事実婚をなす時は重婚罪もしくは姦通罪（これは妻のみが対象）として罰せられた[25]。よって、宜一郎・波摩がともに前配偶者と離婚したのかが問題であるが、やはり「駆け落ち」という以上、そうした法的手続きを度外視して二人は一緒になったのであろう。そうであれば、子の出生届を出す時に嫡出子として届け出れば戸籍から前配偶者との関係が洗い出されることを恐れて、四人の子を宜一郎の庶子として届け出たという可能性も考えられる。

この辺りのことは情報不足のため臆測の域を出ないが、仮に庶子であったとしても、既述のように父の戸籍に入るので、正史は「庶子男　横溝正史」として横溝家の戸籍にその名をとどめたのかもしれない。

「無神経」な血のしがらみ――異母兄弟姉妹という因果

正史は横溝家の複雑な構成を踏まえて「昔のひとは子供をもうけるということに、ずいぶん無神経だったと思わざるをえない」[26]と嘆息している。戦前までは家の維持とその繁栄が個人の幸福よりも優先された時代であり、子沢山はそれだけで一家の幸せとされたことは確かである。だが、それ以上に、生まれた子の人生に対する親の責任の所在が曖昧であったといいたいのであろう。

結局、宜一郎は三人の妻に計八人の子を産ませ、波摩の連れ子（岸江）と浅恵の連れ子（光枝）も含めると一〇人の〝子沢山〟となったわけである。この辺は、五人の女性との間に五人の子をもうけたという犬神佐兵衛の設定にも影響を与えているのではないか。

また正史からみれば、富重（実は異父姉かもしれないが）、五郎、トメ子以外は、異母兄（歌名雄）、異父姉（岸江）、異母弟（武夫、博）、異母妹（綾子）、異父妹（岸江、光枝）が我が家にいたわけである。お互いにどう呼び合えばよいのかも悩みそうな、いびつな家族関係である。

異母兄弟姉妹というのは、「母の血」という紐帯をもたないだけに亀裂や憎悪が生じることも少なくない。歴史を顧みると、確執が争乱にまで発展した源頼朝と源義経の関係などは有名である。まして複雑な思春期にある異母兄弟姉妹がひとつ屋根の下で暮らすとなれば、ふとした原因で衝突や摩擦が起きるのはなおさらのことであろう。

特に正史は長男の歌名雄とはウマが合わなかった。この九つ違いの異母兄について、正史は「歌名雄が引き取られてきた時のわたしのショックは大きかった」「見もしらぬ兄が突然出現したのには、子供心に深い驚きと、ある種の怖れを覚えずにはいられなかった」[27]と述べている。

ある時など、正史は歌名雄から次のような言葉を浴びせられた。「マサシ、お前はだれの子だ。この横溝の家は美男美女系で男はみんな男前、女はみんなええ器量や。そやのにお前だけがなんでそない見っともない顔してるんや。色がずず黒うて、鼻が天井を向いてるんや」。「思春期の少年にむかって、これほど残酷な言葉もまたとあるまい」というほどに、正史は心を深く傷つけられた。[28]父の身勝手から幼くして辛酸を舐めさせられてきた歌名雄は、浅恵に引き取られてからも、早逝した五郎以外とは誰とも〝家族〟として打ち解け合うことのないまま二九歳の若さで病死した。

一体、歌名雄は宜一郎を許すことができたのであろうか。この肝心な点については、正史は何も語っていない。意外なことに「書かでもの記」には宜一郎に対する批判めいた記述は大してないのであるが、正史が宜一郎を家長として頼もしい存在とはみていなかったのは確かである。[29]

子は親を選べないという理不尽は古今東西を問わない。だが、とりわけ日本における家は、家長が随意に「家族」を取捨できる上、その倫理的責任も不問にされるという不条理をはらんでいる空間である。だからこそ、横溝家のようないびつな「家族」が生まれても不思議ではない。父の身勝手を根源とする家と血のしがらみがいかに子どもに無用な苦痛を与えるものであるかを、正史は幼少期にして否応なしに思い知らされたにちがいない。
金田一耕助は『病院坂の首縊りの家』の事件を解決した後、渡米して消息を絶ったが、ついに独身のままであった。この点に関して、横溝正史は映画評論家の石上三登志との対談において、「金田一耕助は結婚してないんですか（笑）」と聞かれると「させてないんです（笑）」と答えている。[30]
正史が金田一に〝結婚させなかった〟のは、せめてこの奇人探偵くらいは、自らが味わった家や血のしがらみとは無縁な自由人として生きてほしいという願望のあらわれであろう。

第4章

養子たちの命運

——日本ならではの「家族」

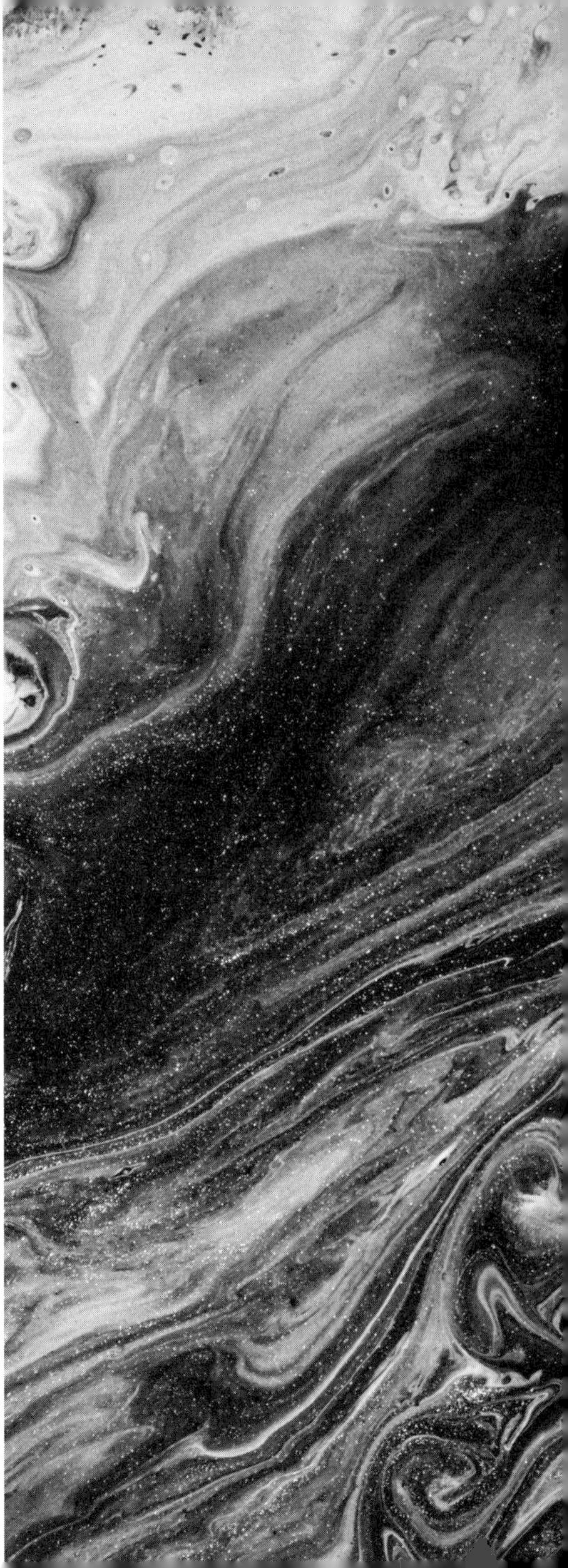

1　ゆるやかな日本の養子制度——重んずるは血よりも家

養子は姓を問わず——日本独特の家族観

日本は血統を重んじる国としてしばしば語られる。だが、養子という存在に照らせば、血統なるものは、しょせんフィクションに帰するということが明白になる。

それというのも、純粋に血統の連続性を追求するのであれば、他家から養子を迎えるのは論外となるからである。孔子の『論語』には「其の鬼《き》に非ずして之を祭るは諂《へつら》いなり」という言葉がある。「鬼」つまり祖霊ではない者を祭るというのはたくらみ事でしかなく、祖先の祭祀を掌《つかさど》るのはその血を受け継ぐ子孫の務めとされた。

そのため中国や朝鮮のような伝統的な儒教社会では、家督相続人として養子をとる場合、同姓の者しか認めないという「異姓不養」の慣習が根強く残ってきた。祖先の血統を子々孫々まで正しく伝えることが美俗とされたのであり、家の維持よりも血統の維持に重きが置かれていたわけである。

一方、日本の養子制度の出立は、古代の律令制にさかのぼる。ここでは日本も中国に倣い、「異姓不養」が原則とされた。だが、跡取りとなるべき男子が生まれなければ、他家から男子を養子として迎え入れるしかない。よって家の存続のためには異姓の養子も辞さないとする現実主義が慣習として根を下ろしていった。

商家においても、「のれん分け」といって、親方が血縁関係にない従業員を養子扱いにして、独立してからも屋号を名乗らせるという慣習が生まれた。家の維持が優先されることにより血統はその純度を薄めていき、限りなく擬制に近づくのである。

明治民法においては「養子ハ縁組ノ日ヨリ嫡出子タル身分ヲ取得ス」（第八六〇条）と規定され、養家に入った養子は養親の嫡出子と同等に扱われた。[1]だが、いかんせん戸籍には血統の有無が冷徹に明記される。それというのも、父母欄には実父母の氏名が記載されるし、養子の養親との続柄は、「長男」「長女」ではなく、「養子」「養女」と記載されるからである。この点は、現行戸籍法においても変わらない。

したがって、まだ分別もつかぬ幼少の砌に養子に出された者が、成長してから自分の戸籍を見た時、続柄に「養子」とあり、父母欄に自分の知らない氏名が記されていることに衝撃を受けても無理からぬ話である。

そうした戸籍の記載内容が養子に与える心理的苦痛に配慮したのが、一九八七年に始まった特別養子縁組制度である。特別養子となった子（原則として一五歳未満までが条件）は、戸籍上の養親との関係は実の親子と同等の扱いとされ、戸籍には「特別養子縁組」や「養父母」等の用語は記載されない。また、戸籍の父母欄には実親ではなく、養親の氏名が記載され、養子の養親との続柄は実子同様に「長男」「長女」などとなる。

しかしながら、特別養子の戸籍の身分事項欄には、「何年何月何日民法八一七条の二による裁判確定(日)」(傍点、筆者)と記載される。この「民法八一七条の二」とは特別養子縁組を規定した条文を指しており、これにより特別養子縁組がなされた事実が間接的に判明する。何より養子の出生時の戸籍をたどれば、結局は実親の氏名を知ることができるのである。

真実の血縁と、現在の生活と、どちらを重視するかで戸籍のもつ情報源としての評価は大きく異なってくるといえよう。

事実上の養子——野々宮珠世と猿蔵の場合

よく「~歳の時に○○家に引き取られた」という表現がある。これは必ずしも養子縁組の手続きを経て法的に養子となったことを意味しない。家長が血縁関係にない者を家族同然に寄食させているものの戸籍は別という場合もしばしばある。先述の横溝家に引き取られた岸江や光枝の例もその一環である。

中国では伝統的に「撫育《ぶいく》」という慣習がある。赤の他人の子を実子のごとく養育するのであるが、正式な養子縁組をなすわけではない。

国民党政府の下で一九三一年に施行された中華民国民法(親族編)では、認知に関する次のような規定がある。実父の認知を受けた時は嫡出子とみなすが、実父の養育（撫育）を受けた子についてもこれを認知されたものとみなす、というものである。婚外子をわが子同然に養育することは、実子として認知しているに等しいと考えるのである。

中華民国民法は制定にあたって、日本や西洋諸国の民法を参考にしたようである。日本の民法においては単なる養育を認知とみなす規定はない。だが、日本には前述のような〝事実上の養子〟という風習がある。身寄りがないとか貧困著しいとかいった理由により、単独では生計の立たない他姓の子を引き取って養育するのである。これは、戸籍上は血縁関係のない赤の他人同士が事実上の親子関係を築くわけであるから、血縁より愛情を重視した慣習という点で中国の「撫育」に通じるものがある。

また、壬申戸籍においては「附籍」という制度があった。これは、戸主が寄食する他姓の者を同じ戸籍に入れて「家族」として扱うものであった。だが、「家」を「戸主と氏を同じくする親族集団」として再定義した明治民法によって附籍の制度は廃止となった。

本作においても、〝事実上の養子〟というべき二名の人物がある。

まず野々宮珠世がその一人である。珠世は両親との死別後、犬神佐兵衛に引き取られて養育されてきた。前述のように珠世は、戸籍上は野々宮大弐の孫であるが、血統上は佐兵衛の孫である。

珠世が佐兵衛と正式な養子縁組を交わしていないことは、彼女が野々宮姓のままであるところから明白であろう。佐兵衛としては、珠世を正式な養子にしたかったであろうが、一人っ子である彼女は両親の死により野々宮家の家督相続人となったので、他家の養女になれなかったのである。

戦後の民法改正で家督相続は廃止になったのでそうした婚姻における法的な束縛も消失し、佐兵衛の遺言にしたがって珠世が佐清、佐武、佐智の誰かと婚姻すれば犬神姓に変わる。そうすると野々宮家の戸籍は誰もいなくなって除籍となり、野々宮家は断絶する。

既述のように一九七六年映画版以降、映像版は佐兵衛死亡を一九四七年という明治民法施行時にさかのぼらせているが、そうなると珠世は野々宮家の戸主なので婚姻するとしたら入夫婚姻（第4章で詳述する）しかできないので、佐兵衛の遺言は法律との矛盾をきたすものとなる。

なお、探偵としてあらゆる可能性を想定する金田一は、佐兵衛の遺言に基づけば珠世も犬神家男子殺害の動機をもちうることを序盤で古館に語っている。珠世が佐清、佐武、佐智の誰とも婚姻したくない場合、三人をすべて殺してしまえば彼らと婚姻せずして犬神家の財産が自分のものになる。これならば、珠世は野々宮姓のまま、犬神家の財産を相続することができるわけである。このあたりは読者のミスリードを誘う巧妙な設定である。

もう一人、事実上の養子というべき存在が珠世のボディガードにして犬神家使用人の猿蔵である。第2章でも述べたが、猿蔵は五歳の時に親と死別し、孤児となったところを野々宮祝子に引き取られた。珠世は両親の死後、犬神佐兵衛に養われることとなるが、幼い時から珠世と一緒に育ってきた猿蔵もこれと連れ立った。その恩義から、猿蔵は命に代えても珠世を生涯守り抜くという強烈な使命感をもって彼女の護衛役も務めているわけである。

猿蔵の年齢は佐清と大体同じくらいというから、一九二〇年前後の生まれとみられる（第1章参照）。既述のように「猿蔵」というのは本名ではなく、その戸籍名は明かされていない。ただ、猿蔵は珠世のことを「珠世さま」「お嬢さん」と呼んでいるところから、珠世の家族すなわち野々宮姓ではないと考えられる。

物語の前半、静馬が戦地で消息を絶っていた時、実は猿蔵が静馬なのではないかと金田一が疑う場面がある。佐兵衛がわが子静馬を珠世の母、つまり愛する晴世の娘に託したのではないかという推理であるが、古館に否定されるとおのれの安直さを認めてすぐさま撤回している。もっとも、この時の古館の論拠も、佐兵衛・菊乃という美男美女のカップルから猿蔵のような醜く頭の弱い子が生まれるはずがないという差別的な偏見に凝り固まったものであることを付言しておく。

結末で、珠世は逮捕された佐清と将来の結婚を約束するので、いずれ野々宮家は断絶するわけである。もし野々宮家を残しておきたければ、珠世が婚姻する前に養子をとるしかない。それならば気心の知れた猿蔵を養子にすればよいとの提案も出るかもしれないが、問題は猿蔵の年齢である。作中、猿蔵の年齢は明記されてはいないが、静馬と同じような年輩とされているので、珠世より二、三歳は年長とみられる。[2]

現行民法では「尊属又は年長者は、これを養子とすることができない」（第七九三条）と規定されている。年長者養子は徳川時代までは容認されていたが、明治期からは原則として禁止されたのである。

年長者養子を禁止するのはなにゆえであろうか。これはローマ法にいう「養子は自然に模擬する」という原則に従い、養親は養子よりも少なくとも青春期の年齢分は長じていなければならないという思考によるためである。例えば、フランスの民法では一五歳以上、ドイツ、イタリヤ、オーストリアの民法では一八歳以上、養親と養子の年齢差がないと養子縁組を認めないと規定されていた。[3] これに比べると日本の養子制度は、年長養子こそご法度とはいえ、養親と養子がたとえ同年齢（養親の生年月日が一日でも早ければそれでよい）でも成立するのであるから、だいぶ寛容であるといわざるを得ない。

日本の家族法は、「親子」を倫理的な上下関係にあるものとしてとらえる儒教思想の影響が強いと思われがちである。だが、養子を疑似的な親子として公認する以上、長幼の序という倫理も家の維持という目的の前では等閑に付されるのである。

2 静馬の悲劇——つかみ損ねた当主の座

犬神家〝嫡男〟からの転落——松竹梅の怨念

佐兵衛がもうけた唯一の男子が静馬である。この静馬は、佐兵衛にとっては祝子、松子、竹子、梅子に続く五番目の子（戸籍上では四番目）であるが、家の原理に従えば犬神家の跡取りと目される男子であった。実際、佐兵衛は犬神家の家宝、斧・琴・菊を青沼菊乃・静馬親子に伝承していたくらいである（そもそも親も知らぬ佐兵衛の掌中に家宝などあることが不可解であるが）。

だが、既述のように、佐兵衛は松子の恫喝に屈し、静馬を身ごもっていた菊乃との婚姻を断念している。それでも、静馬を庶子として犬神家に入籍させるという道はあった。そうなれば、「犬神静馬」は死亡するか、心身に重度の障害を負うようなことでもなければ、やはり松竹梅三姉妹を抑えて法定推定家督相続人の座に収まる。だが、三姉妹がそれを黙って見過ごすことは考えられず、幼い静馬を手にかけることなど平気でやりかねない。

それを危惧するならば、静馬と三姉妹を同居させなければよいのであるが、何しろ菊乃に並々ならぬ憎悪を抱いていた三姉妹のこと、草の根を分けても静馬の居所をつきとめるであろう。そこで余計な血をみるのを恐れた佐兵衛が、静馬を犬神家に入籍させることを憚《はばか》ったとして不思議はない。

ただし、佐兵衛は静馬を認知したのかという根本的な疑問が残る。それというのも、松竹梅が静馬と菊乃を襲って暴行をはたらいた際に、菊乃に「この子は犬神佐兵衛のタネではありません。情夫の子です」という念書を入れさせているからである。無論、こんな念書に法的な効力はなく、佐兵衛が随意に静馬を認知すればよい話である。

津田家で育った記憶しかないという静馬であるが、もし佐兵衛に認知されていれば、自らの戸籍には実父―犬神佐兵衛、実母―青沼菊乃と記載される。一方、もし静馬が佐兵衛に認知されていなければ、戸籍の父親欄は空欄となる。

いずれにしても、これらの事実は静馬の戸籍を見れば一目瞭然であるにもかかわらず、静馬が自分が津田家の養子にされたことも含めた出生の秘密を菊乃から聞かされたのは、一九四四年の出征の直前（満二三歳頃）のことである。これは、その年齢になるまで静馬は自分の戸籍を見る機会がなかったと解するほかはない。だが、それはまた、戸籍がいかに日常生活と疎遠な存在であり、今も昔もいかに人は自分の戸籍を確認する習慣がないかという証左に他なるまい。

運命のいたずらは、応召した静馬と佐清をビルマの戦場で引き合わせる。二人は、同い年で容貌も体格もそっくりであった。佐清は作中で「たぐいまれな美貌」の持ち主であったとされているので、静馬も相当な美男子であったにちがいない。部隊は異なるもビルマ戦線で偶然に知己となった二人は、互いの素性を打ち明けた。佐清は佐兵衛から静馬の存在は聞かされていたが、静馬は佐清の母・松子から受けた仕打ちも水に流し、二人は意気投合した。そして二人の所属部隊がいずれも全滅し、佐清も戦死したものと思い込んだ静馬は、顔に受けた大きな戦傷を隠れ蓑に利用し、佐清になりすまして犬神家の乗っ取りを企むのである。

その根本的な動機は、単純に物質的な欲望にかられたものではないであろう。静馬は最後の出征前に菊乃から自らの生い立ちを教えられるが、そこで犬神家の家宝とされる斧・琴・菊をめぐる因縁と、松竹梅から受けた虐待についても聞かされ、悲嘆に暮れる。その時から静馬の胸中では、自分ら母子を蹂躙した松竹梅への復讐が復員後の人生における最大の目標となったにちがいない。

しかし、静馬にしても、松子ら三姉妹にしても、佐兵衛の放埒な性欲の産物という共通点で結ばれているのが運命の皮肉である。「青沼静馬という人物こそ、佐兵衛翁の晩年を苦しめた、苦悩と悲痛の種だったのです」という古館弁護士の言葉は、はからずも静馬に婚外子として生きる運命を課した佐兵衛の罪悪感を言い当てたものである。同時にそれはまた、婚外子に対する白眼視が自明のものとされていた日本社会の空気を示唆して余りある。

静馬の誤算――秘められた珠世との血縁関係

本作において静馬の存在に読者の強い注意が向けられるのは、物語のまだ前半、佐兵衛の遺言において静馬が珠世の次に有利な地位に置かれたことを知る時である。

佐兵衛の遺言において静馬の扱いは、次のように定められていた。既述のように、珠世は佐清、佐武、佐智のうち誰かを配偶者に選ぶことが遺産相続の条件であるが、もし珠世が死亡するか、右の三人の誰とも婚姻しなかった時、珠世は遺産の相続権を喪失する。そして珠世が相続権を失うか、遺言公表から三カ月以内に死亡した場合、遺産は五等分されるが、佐清、佐武、佐智の取り分は五分の一ずつであるのに対し、静馬は五分の二が与えられる。さらに佐清、佐武、佐智がいずれも死亡した場合は三人の相続分が静馬のものとなる。

かかる遺言の公表によって初めて「青沼静馬」という名を聞いた読者にしてみれば、珠世と同様、他姓の人間への破格の厚遇は荒唐無稽に思えるであろう。だが、静馬の生い立ちを徐々に知るうちに、金田一よろしく静馬への同情の念が湧き上がってもおかしくはない。

いったんは犬神家の嫡男として家督相続人になりかけながら、佐兵衛が松子らの猛威に臆して菊乃との婚姻を断念し、その挙げ句、三姉妹の暴行を受け、母とも引き離されて貧乏な津田家の養子に追いやられてしまった不条理。これを考えれば、本来なら静馬には珠世に対する以上に佐兵衛の償いが手向けられて然るべきである。

だが、遺産相続におけるこの静馬に対する優遇には、実は佐兵衛による用意周到な配慮がはたらいていた。珠世が最も有利となる遺言の内容を松竹梅が知った時、珠世をなきものにしようと企むにちがいないと佐兵衛は危惧した。そこで、珠世が死亡したら、その相続権は三姉妹が怨敵とする青沼菊乃の息子、静馬の手に移るものと定めたのである。

これによると静馬に犬神家全財産を渡したくなければ、否が応にも珠世を生かしておかねばならない。つまり、千軍万馬の老練たる佐兵衛は、三姉妹の青沼母子に抱く憎悪を逆用することで、珠世の身の安全を保障するように仕組んだのであり、静馬は珠世の防波堤に利用されたともいえる。その辺りは、幼少期から佐兵衛と家族さながらの共同生活を送ってきた珠世と、幼少期から他家の養子となって佐兵衛と離別した静馬とでは、佐兵衛が注ぐ愛情におのずと優劣がつくのは自然なことであろう。

そうした佐兵衛の企みを知る由もない松子は、珠世を我が子佐清と結婚させたい一心から佐武と佐智を殺害した。これは佐清になりすました静馬にとって願ってもないことであり、珠世を妻に射止めれば犬神家の次代の当主となれるので万々歳である。

果たせるかな、静馬の野望はもろくも崩れ去る。前述のように、珠世は佐兵衛の実の孫であり、静馬と珠世は叔父と姪の関係、すなわち三親等同士になるので、婚姻はかなわないのである。もっとも、それは血統上の話であり、戸籍上は珠世と佐兵衛は赤の他人同士なのであるから、静馬と珠世が婚姻しても何ら法律上の問題はない。

にもかかわらず、静馬に珠世との婚姻を断念させたものは、やはり「血」の因果であった。[4] 佐清も述懐していた通り、静馬は根は悪党ではなかった。それどころか、感情はどうあれ、珠世との婚姻届を出して戸籍に婚姻と記載されれば自他ともに認める「夫婦」となれたものを、それすらも倫理的に許さなかったのであるから、むしろ潔癖な人格であったといわねばならない。

「青沼静馬」とは誰か？――戸籍名で呼ばれない謎

巻では、静馬の正体については誤解されがちである。それもやはり一九七六年映画版の影響が大きいと思われる。

青沼菊乃は松竹梅三姉妹による迫害から逃れるべく、静馬を連れて富山市にいる親戚の津田家に身を寄せ、静馬は三才の時に津田家の養子となった。津田家は非常に貧乏であったが、夫婦に子がいなかったので静馬を引き取ったのである。

したがって、静馬は津田家の家督相続人として祖先の祭祀を継承する役目を負うはずであった。だが、静馬の出征後に津田家は空襲で全滅してしまったので、相続すべき財産も露と消えたのであろう（戦地にいた静馬が津田夫妻の死亡をいつ知ったのかは疑問ではあるが）。なればこそ、犬神家の莫大な財産に目がくらむのも不思議ではない。

いずれにせよ、静馬は「津田静馬」が戸籍名なのである。にもかかわらず、物語の前半まで彼は金田一や古館から「青沼静馬」と呼ばれている。これは、静馬が津田家の養子となった事実を古館がつきとめるのが物語の後半になってのことであるためである。だが、映像版になると、ストーリーがなおさら複雑になるのを嫌ってか、静馬が本当は津田姓であることに触れていない。もしくは津田家の養子とならず、青沼姓のままという設定に改変されているようである。

したがって、原作を読んでいない人は彼の戸籍名が「青沼静馬」であると信じて疑わないはずであり、巷では「静馬」といえば「青沼静馬」として認知されているといってよい。その最大の原因は、佐兵衛がその遺言においてわざわざ「青沼菊乃の一子」と言い添えつつ、終始「青沼静馬」と名指ししている点にあろう。

周知の通り、日本の戸籍制度においては「夫婦同氏」「親子同氏」という原則がある。だが、明治前半までは、夫婦は別姓であるのが当然とされ、妾や居候（「附籍」）のように異なる姓の者も同じ戸籍に入ることが認められていた。これが明治民法および明治三一年戸籍法によって「同戸同氏」に統一されたのである。

もっとも、婚姻や養子縁組によって姓が変わった者が、旧姓を公私にわたって使用してはいけないという決まりはない。

社会生活上、戸籍名よりも世間で認知されている名前を名乗る方が好都合な場合が少なくない。例えば、芸名やペンネームや屋号などがそうである。ことに女性の場合、婚姻で夫の姓を戸籍上の「夫婦の氏」とするのが大半であることはすでに述べたが、結婚後も便宜上、妻が旧姓を用いることは珍しいことではない。今日でも政治家、文筆家、芸能人などで旧姓のまま活動している例は枚挙にいとまない。そのような戸籍名とは別に常用される名前は「通称」とか「通名」とも呼ばれる。

では、「青沼静馬」は通名なのか? というと、静馬本人が津田姓になってからも「青沼静馬」を名乗り続けたという記述は作中にみられない。何しろ静馬は三才で津田家の養子になったことからすれば、学校や仕事や軍隊などの社会生活において浸透しているのは、どう考えても青沼姓よりも津田姓の方である。

しかるに、遺言のなかで佐兵衛が静馬を一貫して「青沼静馬」と呼んでいるのは不可解である。佐兵衛の脳裏に静馬の存在は「津田静馬」ではなく「青沼静馬」として焼き付けられていたということなのか。つまり、静馬のアイデンティティは津田姓よりも青沼姓の方にあるとひとり思いなしていたのであろうか。そうであるならば、青沼菊乃への未練が絶ち切れなかった佐兵衛は、青沼姓への執着にとらわれていたということか。

だがそこはやはり、佐兵衛は静馬が津田家に養子に入ったことを知らなかっただけと考える方が無難かもしれない。実際、菊乃と静馬は犬神家を出奔してから佐兵衛とは音信不通となっていた。

佐兵衛のあまりある権力をもって調査の網を投じれば、静馬一人の身許など早々に把握できそうなものである。だが、あえてそうしなかったのは、もし松竹梅にそれが知れた時の恐怖を危惧したのか、あるいはとうに手を離れたわが子に頓着がなくなってしまったのか。

それでも、遺言の内容をみるにつけ、菊乃と静馬の母子に辛酸を舐めさせた悔恨が佐兵衛に呪縛としてのしかかっていたのは間違いないであろう。

3 婿養子たちの皮算用――縁組は吉と出たか?

世にめずらしき婿養子制度

犬神家の家族構成のユニークさとしてさらに特筆すべきは、婿養子が多く登場する点である。松子の夫・「某」、竹子の夫・寅之助、梅子の夫・幸吉と、いずれも婿養子である。さらには、野々宮祝子の夫も婿養子である。つまり、物語に登場する犬神家関係者のうち、特に説明のない野々宮大弐を除けば、男性の既婚者はすべて婿養子である。

この婿養子というのは、世界に類をみない日本特有の制度である。これと一見似ているのが、中国に古代から存在した「招婿《しょうせい》」という慣習(寡婦が後夫をその家に迎える時は「招夫」と称した)である。その主たる目的は家督相続者の確保にあった。ただし、前述のように中国には伝統的家族法として「異姓不養」の原則があったので、異姓の婿を養子にすることは禁じられたが、近世以降には、婿がその姓を妻の家の姓に変えて祖先祭祀を継承する例もあったという。[5]

日本における婿養子の慣習は、明治民法において法制化された（第七八八条二項）。同法においては、女子が夫を迎える時、夫となる者は婚姻と合わせて妻の親と養子縁組を結ぶことにより、養親の嫡出子たる身分を取得した（同第八六〇条）。つまり、婚姻と養子縁組という二つの法律行為が同時になされるのである。

注意を引くのは、妻が法定推定家督相続人（いわば次期戸主）である場合は、その地位を婿養子に譲るものとされていた点である（同第九七〇条）。これは、しょせん女性は戸主の器としてふさわしくないという男尊女卑思想を基盤とする規定であったのは明らかである。

ただし、その後、夫婦に男子が生まれた時は、婿養子は法定推定家督相続人の地位をわが子に明け渡さなくてはならなかった。異姓から迎えた婿養子よりも、当家に生まれた嫡男が家督を継ぐのにふさわしいと考えるのは古今東西において相違はない。日本においても家の継承が優先されるとはいえ、血統をゆるがせにしてはならないという一線は保たれていたわけである。

婿養子の戸籍には、通常の「父」「母」の欄に加え、「養父」「養母」の欄が追加される。前者には、父母の氏名の下に父母との続柄として「長男」「二男」などと記載されるが、後者には、養父母つまり妻の父母の氏名が記載され、養父母との続柄は「婿養子」と記載される。

このように、異姓の婿に妻の実家の姓（氏）を名乗らせるのみならず、婿を妻の父母の養子にして家督の相続および祭祀の継承をも認めるというのは、「異姓不養」を鉄則とする儒教の伝統的家族法からすれば首肯し得ないものである。かく考えれば、日本型の「家族」モデルは柔軟に出来ているともいえるが、それもひとえに家の維持という目的に即したものである。

婿養子と入夫婚姻――両者を貫く男尊女卑の思想

第2章でもふれたが、日本独特の婚姻形式としてもうひとつ挙げられるのが、「入夫」という慣習である。女戸主が婿を取るという形の婚姻が、すなわち入夫である。

例えば、戸主が死亡したものの、家督を継ぐべき男子がなかったり、男子がまだ幼少である時などに、寡婦や年長の女子が家督相続するのである。当然ながら女戸主は家に残らなければならないので、婚姻するならば自家に夫を迎え入れるという方法となる。これも男子の家督相続者がいない場合のひとつの対処法である。

かかる入夫の慣習が法制化されたのは、やはり明治民法においてである。同法では既述の通り「妻ハ婚姻ニ因《よ》リテ夫ノ家ニ入ル」（第七八八条第一項）ことを原則としていた。だが、その例外として第七三六条に「女戸主カ入夫婚姻ヲ為《な》シタルトキハ入夫ハ其《その》家ノ戸主ト為《な》ル」と規定していた。つまり、入夫は女戸主の氏を名乗るものの、戸主の地位は妻から入夫へと譲り渡されることとなっていた（ただし、当事者が反対の意思を表示すればその限りでない）。これも妻が戸主で夫がその監督下に置かれるという奇観を生じてはいけないという男尊女卑の思考に拠って立つものである。

入夫と婿養子は、夫が妻の家に入るという点では同じであるため、混同されがちである。だが、前者は女戸主と婚姻した夫が妻の家に入るのに対し、後者は夫が妻の父母の養子となって妻の家に入るという相違がある。

また、離婚した場合、入夫は婚家を出て実家に戻ることとなるが、婿養子は養子縁組が解消されない限り婚家を出る必要はない。両者の違いを簡単にまとめると、表5の通りである。

入夫婚姻と婿養子縁組を同時に行うことも可能であった。つまり、女戸主と婚姻する入夫が彼女の父母と養子縁組するのである。これならば、夫は妻の家の戸主となるとともに、妻の父母の実子同然となるわけであるから一挙両得である。

表5　入夫婚姻と婿養子縁組の相違点（夫からみた場合）

	入夫婚姻	婿養子縁組
婚姻相手	女戸主	戸主でない女性
妻の親との関係	義理の親子	養親と養子
婚家における地位	戸主（当事者が反対する場合は妻が戸主のままとなる）	婿養子
離婚後	婚家を出る	婚家に残る

無論、入夫婚姻も婿養子縁組も婚姻の総数からみればだいぶ少数にすぎなかった。表6は内閣統計局による婚姻の年度ごとの種類別件数（一九〇四―一九三八年）をまとめたものである。一九一八年に婚姻総数が五〇万件に達して以降はその前後で変動しているが、普通婚姻がその九割以上を占める状況は不変である。

注意すべきは、入夫婚姻の件数は毎年、婿養子縁組の半分でしかない点である。これは、入夫婚姻をなす前提条件としての女戸主の存在がいかに稀有であったかを物語っている。

表6　婿養子縁組と入夫婚姻の割合（1904～1938）

（　）内は％（小数点第2位以下四捨五入）

	総数	普通婚姻	婿養子縁組	入夫婚姻
1904	398,980	358,786（89.9）	27,907（7.0）	12,237（3.1）
1905	350,898	316,993（90.3）	22,885（6.5）	11,070（3.2）
1906	352,857	318,320（90.2）	23,772（6.7）	10,765（3.1）
1907	432,949	389,499（90.0）	30,165（7.0）	13,885（3.2）
1908	461,254	417,403（90.5）	30,359（6.6）	13,492（2.9）
1909	437,882	395,039（90.2）	28,557（6.5）	13,286（3.0）
1910	441,222	399,892（90.6）	28,302（6.4）	13,028（3.0）
1911	433,117	393,747（90.7）	27,606（6.4）	12,764（2.9）
1912	430,422	390,972（90.8）	26,931（6.3）	12,519（2.9）
1913	431,287	391,514（90.8）	27,400（6.5）	12,373（2.9）
1914	452,932	411,702（90.9）	28,100（6.2）	13,130（2.9）
1915	445,210	406,133（91.2）	26,263（5.9）	12,814（2.9）
1916	433,650	394,373（90.9）	26,938（6.2）	12,349（2.8）
1917	447,970	407,652（91.0）	27,539（6.1）	12,779（2.9）
1918	500,580	457,197（91.3）	29,341（5.9）	14,042（2.8）
1919	480,136	438,710（91.2）	27,632（5.8）	13,794（2.9）
1920	546,207	500,070（91.6）	30,768（5.6）	15,369（2.9）
1921	519,217	473,869（91.2）	30,463（5.9）	14,885（2.8）
1922	515,916	472,128（91.5）	28,459（5.5）	14,329（2.8）
1923	512,689	468,821（91.4）	29,231（5.7）	14,637（2.9）
1924	513,130	470,546（91.7）	28,465（5.6）	14,119（2.8）
1925	521,438	478,592（91.8）	28,474（5.5）	14,372（2.8）
1926	502,847	461,224（91.7）	28,058（5.6）	13,565（2.7）
1927	487,850	447,662（91.8）	27,018（5.5）	13,170（2.7）
1928	496,555	459,663（92.0）	27,043（5.4）	12,879（2.6）
1929	497,410	458,710（92.2）	26,144（5.3）	12,556（2.5）
1930	506,674	467,156（92.2）	26,735（5.3）	12,783（2.5）
1931	496,574	457,348（92.8）	26,539（5.3）	12,687（2.6）
1932	515,270	475,396（92.1）	27,041（5.2）	12,833（2.5）
1933	486,058	458,982（92.8）	25,076（4.3）	12,000（2.7）
1934	512,654	473,532（93.1）	26,562（4.2）	12,560（2.6）
1935	556,730	515,541（93.3）	27,898（4.0）	13,291（2.5）
1936	549,116	538,891（92.6）	26,968（4.9）	13,257（2.4）
1937	674,500	626,012（92.8）	32,009（4.7）	16,479（2.4）
1938	538,831	503,020（93.4）	23,245（4.3）	12,566（2.3）

出典：内閣統計局編『日本帝国人口動態統計』内閣統計局、同『人口動態統計』東京統計協会

婿養子の損得勘定――名を捨てて実を取る

小糠《こぬか》三合持ったら婿に行くな、という慣用句がある。男子たるもの、わずかな財産があるならば入り婿はやめよ、それだけ貧乏くじだという意味である。婿となれば、食事の時など妻よりも下座にしおらしく座り、家長（養父）よりも粗末な食事に文句をつけようものなら離縁をちらつかされる、という具合である。あたかも奉公人同然に扱われる婿養子の悲哀もさることながら、やはり、「小糠――」の警句に潜んでいるのは、「男子は一家の家長になってこそ一人前である」という価値観に他なるまい。

それを考えると、犬神佐兵衛の娘である松子、竹子、梅子が三人揃って婿養子を迎えているのは相当に珍しいケースではないか。婿養子縁組の目的は、家督相続人の確保にあることは先に述べたが、佐兵衛の意向もそれによるものであったのかは作中で触れられていない。

さて、明治民法下での家督相続がどのようになるかを整理すると、次のようになる。

前戸主の家族において

①嫡出男子ある時は、その中の年長者
②嫡出男子なき時は、庶男子の中の年長者
③庶男子なき時は、嫡出女子の中の年長者
④嫡出女子なき時は、庶女子の中の年長者

右に照らせば、佐兵衛の家族には嫡男はもちろん、庶男子も嫡出女子もなかったので、①、②、

③はどれも適合しない。よって、④に従い、犬神家の法定推定家督相続人は松子になる。そうなると松子は家に残らなくてはならず、婚姻するとすれば婿養子縁組しか手はない。[6] また、もし松子が婿養子をとる前に佐兵衛が死亡した時は、松子が家督相続して戸主となる。その場合、彼女が婚姻するならば入夫婚姻とならざるを得ないのは前述の通りである。

竹子と梅子の場合は推定家督相続人となる順位が松子の次になるので、他家へ嫁に行っても差し支えないのであるが、二人とも松子同様、婿養子をとった。この理由については作中に何の説明もないが、跡取りとなるべき男子を一人でも多く確保しておきたいという佐兵衛の意図によるものとみるのが妥当であろう。

先に述べたように、妻が法定推定家督相続人である時、婿養子となった者はその資格を妻から譲り受けるというのが法の定めであった。これに従えば、夫「某」が松子に代わって法定推定家督相続人となる。だが、嫡男・佐清が産まれたことにより、「某」は推定家督相続人の座を佐清に明け渡すこととなる。

佐兵衛が娘たちの結婚にどの程度、介入したのかは興味深いところである。婿養子の「某」、寅之助、幸吉の出自については作中では何も触れられていない。彼らがいずれも小糠三合も懐にない貧乏暮らしであったかは定かでないが、佐兵衛が家の権威や由緒などと無縁に生きてきた人間であることは第2章で述べた通りであり、庶子である娘の婿養子に家格を要求するとは考えにくい。

一方、三人の婿養子にしてみれば、犬神家の婿養子に入ったおかげで、一流企業犬神製糸の本店、東京支店、神戸支店の支配人の座にそれぞれ収まったのであるから、名を捨てて実を取ったといえる。

したがって、明治民法下の戸主・犬神佐兵衛と家族の続柄は表7のようになる。孫の続柄は、何番目であろうとすべて「孫」と表記された。これをひと目見て、通常は戸籍に当たり前のように載っている「長男」「二男」「長女」「妻」といった文字がひとつもないことがわかるであろう。そもそも続柄を戸籍に記載する目的は家督相続の順位を明示するためであることは既述の通りであるが、佐兵衛の家族には続柄による序列がないので、続柄のもつ本来の意味はなくなるわけである。

表7　明治民法下での犬神佐兵衛と家族との続柄

氏名	佐兵衛との続柄	備考
犬神佐兵衛		戸主
松子	庶子女	佐兵衛の一番目の庶子
某	婿養子	松子の夫
佐清	孫	松子・某の長男
竹子	庶子女	佐兵衛の二番目の庶子
寅之助	婿養子	竹子の夫
佐武	孫	竹子・寅之助の長男
小夜子	孫	竹子・寅之助の長女
梅子	庶子女	佐兵衛の三番目の庶子
幸吉	婿養子	梅子の夫
佐智	孫	梅子・幸吉の長男

さらには、野々宮大弐の戸籍上の娘である祝子の夫も婿養子である。大弐の死から間もなく、祝子は佐兵衛のすすめで婿養子を迎え、神官の職を継がせている。これも忘れ得ぬ恩人である大弐への感謝の念から、野々宮の家名を残しておきたいという佐兵衛の配慮からであろう。

だが、遺言では珠世の相続の条件として犬神家男子との婚姻を指定しているので、珠世が犬神家に嫁げばそこで野々宮家は断絶となる。もはや死を目前に控えた佐兵衛は野々宮家の存続よりも珠世個人の幸福しか頭になかったのかもしれない。なお、松子の夫同様、祝子の夫も名前がないが、これは珠世の父という以上には物語で触れる必要がないためか？

戦後、戸主制度が廃止されたことにより、戸籍の記載順位が第一位にある者は「筆頭者」という名称となり、何ら法的な権限をもつものではなくなった。夫婦の戸籍においては、夫か妻どちらかの氏を「夫婦の氏」としなければならないので、自分の氏を「夫婦の氏」と定めた方の配偶者が筆頭にくる。ただし、明治民法下で婿養子縁組をなした夫婦の場合、新民法においては妻が戸籍の筆頭者となり、夫はその次に記載された。養父母との続柄も「婿養子」のままとなる。

家制度がなくなったにもかかわらず、夫が戸籍の筆頭でないと世間体が悪いなどと案ずる弊習がまだ根強いようであり、夫が戸籍の筆頭者となる、つまり夫の氏に妻が氏を合わせる形が圧倒的となっている（二〇一四年厚生労働省調査によれば婚姻総数の九六％）。今日に至っても家父長意識の残滓が強くうかがえるのが、この夫婦の氏の問題なのである。

第5章 戦争と個人の戸籍

——事件捜査を左右したものは

1　出征兵士と戸籍――幽霊は生きていた？

犬神家と徴兵――佐清と静馬の不運

第1章第3節で挙げた本作における戦争に絡むエピソードのいくつかは、事件捜査を難航させる要因につながるものとなった。

ここで取り上げたいのは、兵役にとられた佐清と静馬が終戦から三年以上経過し、佐兵衛が死亡した後もなかなか復員してこないという設定である。この設定がどのような効果をもつかといえば、特に佐清は犬神家の次期当主と目されているだけに、実は戦死したのではないか、相続の行方はどうなるのかと家族や関係者が気を揉むという緊迫感が醸成されるわけである。

では、簡単に徴兵制の歴史を振り返っておこう。一八七三年の徴兵令により「国民皆兵」の原則が打ち立てられた。徴兵適齢（満年齢二〇―四〇歳。これが一九四四年に一七―四〇歳に拡大された）にある男子は徴兵検査を受けることが義務づけられ、合格した者は現役兵、予備役兵などの形で軍隊に身を投じた。また戸主は、家族の中に徴兵適齢に達した者がいれば、徴兵適齢届を本籍地の役場に提出する義務があった。

だが、「国民皆兵」とは名ばかりで、徴兵令では「一家ノ主人タル者」や「独子独孫」や養子、それに家産・家業の管理の任に当たる者は兵役義務から免除されるものと規定されていた。国家の基盤となるべき家が徴兵のせいで根絶やしになっては困るので、戸主とその家督を継承すべき者は兵役の対象外に置かれたのである。

この免役規定に目を付けた徴兵適齢者が養子縁組や分家によって他家の戸主または長男となるという徴兵逃れが横行したことは知られていよう。[1] これは「富国強兵」を一日も早く実現したい国家にとっては大いなる誤算であった。こうした事態を憂慮した陸軍省により、一八八九年に徴兵令は大幅に改正され、戸主や嗣子に対する免役や猶予といった規定はことごとく廃止された。そして、同年に公布された明治憲法の第二〇条には、あらためて「日本臣民ハ法律ノ定ムル所ニ従ヒ兵役ノ義務ヲ有ス」と明記された。

それでは、犬神家の男子と徴兵の関係はどうであったか。

まず佐兵衛である。第2章で検討したように、佐兵衛は幼少の砌から犬神家の戸主となっていたものと考えられる。一八九〇年に佐兵衛は満二〇歳を迎えるが、その前年に戸主免役制度は廃止されているので、彼も兵役に服する義務が課されたはずである。だが、佐兵衛の兵役については作中で何も触れられていない。

次に、佐清と静馬である。二人は同い年の一九二〇年生まれであり、顔も背格好も瓜二つであったが、運に見放されたところまで似通っていた。というのも、この二人は少なくとも四回召集されているのである。二人の最後の応召は、佐清が一九四三年で数え年二四歳の時、静馬は一九四四年で数え年二五歳の時であった。

それ以外に犬神家関係者では佐武と猿蔵も召集されている。それぞれ何回応召したのかは記されていないが、佐武は「運がよくて」ずっと内地勤務であり、終戦は千葉のあたりで迎えたという。また、猿蔵は外地の台湾で終戦を迎えたが、こちらも「運がよくて」一九四五年一一月に復員している。この二人と比べると、四回目の応召にして、しかも激戦地となるビルマに派遣された佐清と静馬はだいぶ不運に映るではないか。

ちなみに作者の横溝正史は、年譜や自伝を見る限り、一度も召集されていないようである。「徴兵検査規則」（一八八九年陸軍省令第二号）の第四条には、「兵役ニ堪《た》フヘカラサル疾病」として「肺・胸膜ノ慢性病」も挙げられていた。二〇代後半から体を壊しがちで、三〇代後半から肺結核を患って長期の療養生活を送った正史のことである。徴兵検査で丁種《ていしゅ》（兵役不適格者）と認定され、免役されたとも考えられる。

“敗戦の記憶”としての「ビルマ」

日本人の復員および引揚は一九四八年までに大体において完了したとされている。その三年間に内地に帰還を遂げた人数は七三六万人に及ぶ。これは当時の日本人（植民地出身者を除いた、いわゆる内地人）人口のおよそ一割に当たる数字であり、かくも膨大な人口の越境移動が終戦後三年という時間でなされたことは驚異的ですらある。

佐清と静馬は最後の召集でともにビルマ戦線に送り込まれたのは既述の通りである。第二次世界大戦中、イギリス領であったビルマをはじめ、インドネシア、フィリピン、シンガポール、タイといった東南アジア地域へ日本が派遣したのが「南方軍」である。一九四二年三月に南方軍はビルマの首都ラングーンを占領し、ビルマに軍政を敷いた。

日本はビルマとタイを結ぶ補給路として「泰緬《たいめん》鉄道」の建設工事を一九四二年七月に開始したが、この突貫工事には連合国軍捕虜とともに、一〇万人を超えるビルマ人が動員された。過酷な強制労働に加え、病気や虐待などにより全体で約一〇万人の死者を生み、海外では「死の鉄道」と呼ばれている。

占領地ビルマを連合国軍の反撃から防衛するために一九四三年三月に南方軍の下で編成されたのがビルマ方面軍である。佐清と静馬もこのビルマ方面軍に配属されたのであろう。日本は一九四四年三月から、イギリス軍の拠点であるインドのインパールを攻略しようという「インパール作戦」を強行するも失敗に終わり、ここで約三万人の日本兵が命を失った。

一九四五年五月にビルマ方面軍は連合国軍にラングーンを奪還され、熾烈な戦闘の末に降伏する。ビルマ戦線での日本軍の死者は約一四万四〇〇〇人にのぼった。

終戦時、ビルマにおける日本軍は、陸軍約六万六〇〇〇人、海軍約二〇〇〇人、合計して約六万八〇〇〇人の復員予定者があった。前者のなかに佐清と静馬もいたわけである。ビルマで投降した日本人兵士は英国軍に抑留され、捕虜収容所に送られる。そこで待っていたのは強制労働であり、差別や虐待が日常化するなど、捕虜に対する処遇を定めた国際法に抵触するほどの扱いを受けたといわれる。この点について歴史学者の会田雄次は、ビルマで捕虜となった自らの経験を基に『アーロン収容所』（一九六三年）を著し、英国の日本人捕虜に対する非人道的な処遇を告発している。

だが、やはり「ビルマ」と聞いて戦後世代の日本人が大体において連想するのは、竹山道雄の『ビルマの竪琴』（一九四八年）ではなかろうか。児童雑誌に連載された同小説は、市川崑監督によって二度（一九五九年、一九八五年）にわたって映画化され、いずれも大ヒットを記録しており、劇中で部隊が合唱する「埴生《はにゅう》の宿」の歌も有名である。[2]

竹山が「反戦」のメッセージを込めたという『ビルマの竪琴』であるが、そこで描かれるビルマは、日本兵と現地の人々の温かい交流が目立ち、苛烈な侵略戦争が終わった後にしては不似合いなほど牧歌的で融和的な空気を醸し出している。[3]

一方、『犬神家の一族』においては、無惨な敗戦の地としてビルマは語られている。佐清・静馬の所属する部隊はいずれも全滅し、二人は生死不明のまま終戦を迎える。

特に一九七七年テレビ版は、ビルマにおける日本軍の壊滅的な戦況の描写に時間を割いている上に、次のような改変がある。

佐清と静馬は同じ部隊に配属されており、戦火の中を逃走する際、敵の銃弾に倒れた佐清を助けようと駆け寄った静馬が砲撃を浴びて顔を負傷する。佐清は救助を求めるべく重傷の静馬を残して本部へ連絡に行ったものの、すでに本部は全滅しており、静馬ともそれきり生き別れになる。静馬は捕虜となって一命を取りとめるが、佐清が自分を見捨てて逃げたものと恨みを抱き、佐清も静馬に対して懺悔《ざんげ》の念に苛まれる。それが、静馬の犬神家乗っ取り計画に佐清が協力を余儀なくされた理由となっている。

原作では、なぜ佐清が静馬の脅迫に言いなりになったのかという理由がいまひとつ不明瞭であったので、そこの部分を鮮明にさせるためにはこのくらいの改変があった方が適切であろう。

「戦死公報」とは何か――兵士の死亡届

第1章で述べた通り、犬神佐兵衛の死亡時は一九四九年二月と考えるのが妥当である。この時点で佐清・静馬が戦地ビルマで消息を絶ってから三年半以上が経過していることになる。

佐清も静馬も所属していた部隊が全滅したため、内地で復員を待つ家族に二人の消息を伝達しうる者は皆無であった。また後述のように、兵士の登録簿である兵籍の焼失ないし焼却により、個々の兵士の配属先や所属部隊などの人事情報が内地では把握できなかったという事情もあったであろう。

一般に、戦地で兵士が死亡した場合、国家の手で遺族のもとに戦死の通知が届けられる。戦死者の死亡届は、第1章で述べたような平時の場合と同じというわけにはいかない。例えば、医師の死亡診断書や死体検案書が入手できなかったり、死体が発見されないまま「戦死」と告知された場合、親族による死亡届はどうするのか。そのような戦死者特有の事情を考慮し、一九〇四年に司法省は死体が発見されなかった兵士については、陸軍の関係機関から死亡通報を受けた時に限り、死亡届に診断書や検案書を添付しなくてもよいと訓令を発した[4]。

その後、戦死者の死亡届は親族を介さずに官公署の側で処理される形に変わる。公式には「死亡通知」や「死亡告知書」と名付けられているが、一般には「戦死公報」として知られている。

戦死公報には、戦死者の氏名、本籍、階級、戸主の氏名とともに、「何年何月何日何時何分××において戦闘により戦死す」という具合に戦死の年月日や場所が記載された。この戦死公報は基本的に戦死者の所属する部隊の隊長が作成し、部隊長から戦死者の本籍地の市町村長へ送付され、その後に役場から遺族のもとへ郵送された。

ただし、本人の死亡が確認されていなくても、死亡の可能性がきわめて高いと推認される場合は戦死公報が出される。例えば、所属する部隊が派遣地で敵軍の攻撃により全滅したり、乗船していた船舶が敵軍の機雷に接触して爆沈したような場合、遺体は発見されていなくても死亡した蓋然性が高いと判断される。いうなれば、軍人・軍属についての「戦死見込公報」である。

それゆえ、難船や空爆などが起きた日を死亡日と記載した戦死公報が、死亡日から数年経った後に遺族のもとへ届くという場合も珍しくなかった。

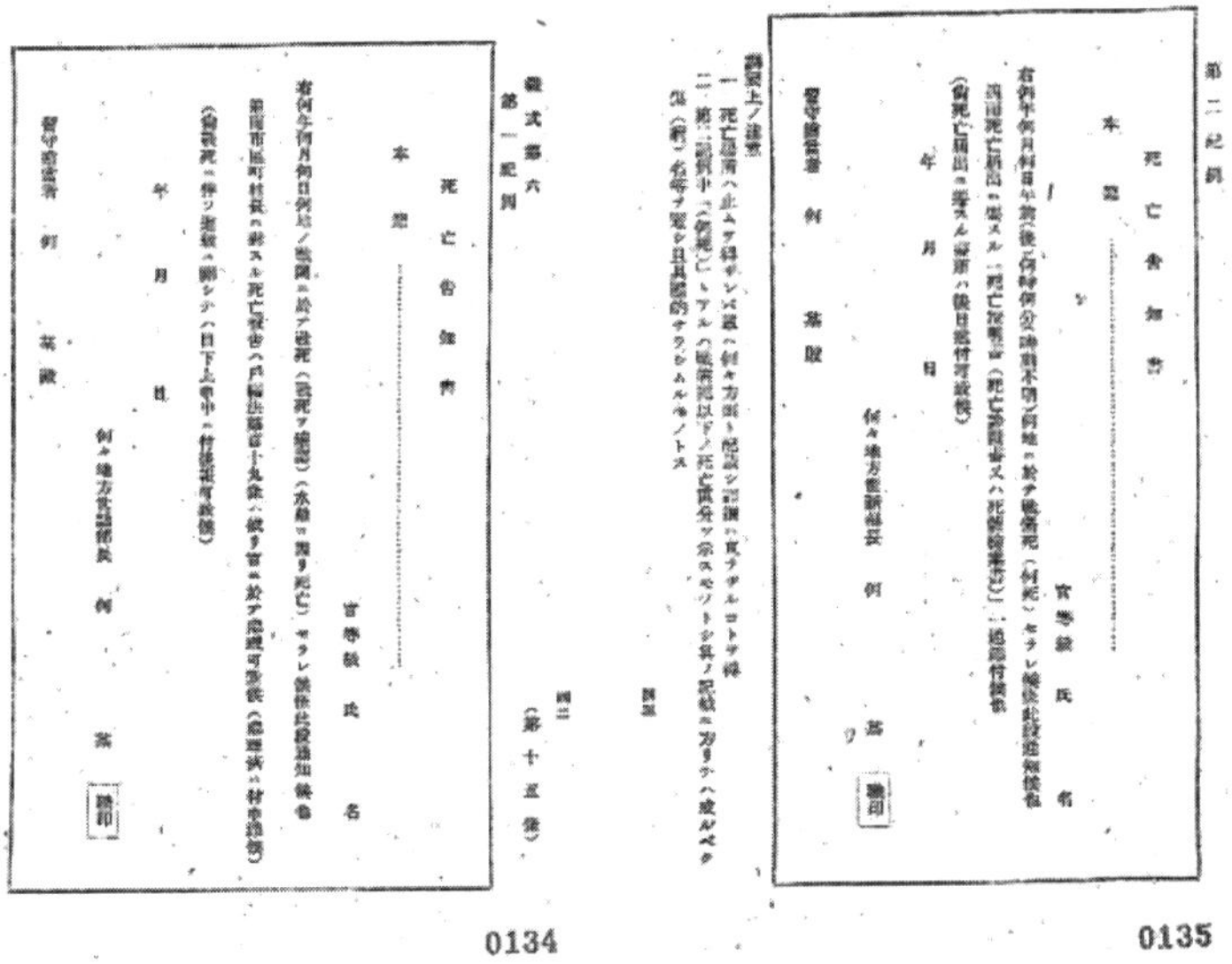

図　戦死公報（死亡通知書）の書式（出典：「様式第6　死亡通告書」『昭和21.4 復員留守業務規程』（防衛省防衛研究所所蔵）アジア歴史資料センターRef. C15010442600）

元はといえば、この戦死公報は戸籍法における死亡報告制度を援用したものである。

死亡報告というのは、死亡届の特例として一九一四年戸籍法において創設された制度である。同法第四九条により、戦乱、空襲、震災、津波、飛行機事故、炭坑爆発事故などの大規模な危難に遭いながら死体が発見されていない者については、死亡したものと推認し、軍や警察など官公署によって死亡報告を行うことが認められた。右のような場合、一般の死亡届と同様に届出義務者に届け出させるよりは、官公署が直接調査して「死亡」を報告する方が適正かつ迅速となると考えられたからである。

だが、人の生死を人が判断する以上、

それが常に正確であるという保証はない。誤った死亡報告により、本人は生存しているにもかかわらず戸籍が抹消されるというケースは当然起こり得る。とりわけ、生死不明となった兵士の場合にはなおさら多々みられた。

もし死亡報告によって除籍された者が生存していることが判明した時は、関係人が管轄区裁判所（現行法は家庭裁判所）の許可を得て戸籍訂正を申請し、「死亡」の記載を戸籍から消除すれば「生存者」として戸籍が回復される。戸籍上「死んだ」人間が、戸籍上「生き返る」というわけである。

有名なところでは、一九七四年にフィリピン・ルバング島から帰還した小野田寛郎元陸軍少尉のケースがある。

小野田は陸軍中野学校の出身であり、一九四四年にフィリピン戦線に「残置諜者」の任務で派遣されたが、一九四五年に所属部隊が全滅し、生死不明となった。そのため一九四七年に戦死公報が出され、「死亡」したものとして戸籍から抹消された。その後、一九五一年に生存が確認されて戸籍が回復されたものの、大規模な捜索も実らず発見されなかったため、一九五九年に再び死亡報告が出されて除籍された。それが一九七四年の生還によって再び戸籍回復となったわけである。彼はいうなれば、三たびこの世に〝生を受ける〟という数奇な運命をたどったのである。

佐清と静馬が「戦死」したならば？――相続を左右する復員の時機

佐兵衛の遺言において、静馬は佐清よりも相続順位が優位に置かれたことは既述の通りである。

だが、相続における静馬に対する厚遇はそれにとどまらなかった。

静馬が終戦から三年以上も生死不明になっている状況に鑑み、佐兵衛は遺言書のなかで、遺言の公表から三カ月以内に全力をあげて静馬の行方を捜索するようにと命じている。その期間内に静馬が発見されなかった場合、あるいは静馬が死亡した場合は、彼の相続する全財産を犬神奉公会に寄付するものとしている。ただし、静馬が外国で生存している場合は、遺言の公表から三年間はその相続分を犬神奉公会で保管し、彼が帰還したらそれを与え、帰還しなかったら奉公会に寄付されるものとされた。静馬が復員するまでは極力、彼の相続分を保障しようという佐兵衛の〝親心〟であった。

佐兵衛は静馬が激戦地ビルマに送られたことなど知らないはずである。にもかかわらず、静馬が戦地で捕虜となる、あるいは戦死する可能性までも想定して遺言を起草したのであろう。

やがて、静馬が「佐清」として博多に復員してくるのが、一九四九年一〇月のことである。片や本物の佐清は終戦間もなく松子への便りで自らの生存を伝えていたものの、さすがに敗戦から四年以上経っても復員しないとなれば、実は死亡しているのではないかと疑われても不思議はない。

一人の人間が長期にわたり消息不明となっている場合について、民法には失踪宣告の制度が定められてある。明治民法の第三〇条第一項により、従来の住所および居所を去って生死不明のまま七年を経過した者に対して、裁判所は利害関係人の請求によって失踪の宣告を行うことが認められた。平時はそうであるが、「戦地に臨んだ者、沈没した船舶の中に在った者」など死亡する蓋然性が高い危難に遭遇した者については、「危難が去った時」から三年を過ぎて生死不明の者についても失踪宣告が認められるようになった。したがって、佐清も静馬も前述の戦死公報に加えて失踪宣告の対象になっても不自然ではなかったのである。

一九七七年テレビ版ではこの点に配慮したのか、佐兵衛の遺言が公開される前に静馬の戦死公報が出されるという改変がなされている。もっとも、静馬の「戦死」に対する松竹梅三姉妹らの反応は冷淡であった。それもそのはず、この時点で彼女らはよもや遺言において静馬が珠世に次ぐ相続資格の優位を与えられているとは夢にも思わないからである。これが遺言公開時の彼女たちがみせる激情を際立たせる効果につながる。また、日本が一敗地にまみれた激戦地ビルマからの戦死公報というところに敗戦のリアリティが醸成される。[5]

では、もし佐清が明治民法の施行時期に「戦死」扱いされていたら、犬神家の家督相続はどうなっていたか。その場合、まだ戸主の佐兵衛が存命であるため、彼が隠居したらという前提になる。前章でみたように松子が婿養子を迎えた後に嫡男として佐清が生まれたので、法定推定家督相続人は、松子→夫「某」→佐清へと移行する。その佐清が死亡したとなれば、家督相続人の座は親等順からいって再び夫「某」に移るのが順当とみられる。

だが、仮に「某」をはじめ、竹子一家、梅子一家も含めて全員が死亡し、犬神家に家督相続人となるべき者がいなくなった時はどうなるのか。明治民法においては、「法定ノ推定家督相続人ナキ時ハ被相続人ハ家督相続人ヲ指定スルコトヲ得」（第九七九条）と規定されていた。これに従えば、佐清らが死亡した場合、被相続人（戸主）である佐兵衛が指定した者が家督相続人（指定家督相続人）となる。

指定家督相続人は親族であると否とを問わなかったので、佐兵衛は珠世もしくは静馬を指定することができる。おそらく佐兵衛が相続人に指定するのは珠世と思われるが、その場合、珠世が誰を配偶者に迎えるかがまた問題となろう。

2　戦争で麻痺した戸籍――事件捜査を妨げた原因

戦災による戸籍の焼失――「自分」の証明が消える

本作において、連続殺人事件の解明を妨げる要因のひとつとなったのが、戦争による個人情報の錯綜である。とりわけ個人情報の収集源である戸籍が戦災によって滅失したことは、犯罪捜査に携わる司法や警察にとっても大きな打撃となった。

戸籍は一九九四年から電算化が開始され、今日はコンピュータによって管理されるものとなっている。だが、それ以前の戸籍は紙媒体で保管されていた以上、常に滅失する危険と隣合わせの脆弱な身分証明であった。

戸籍の滅失という事態が生じるのは、大体において次の三通りである。

A、戦災・火災・自然災害のような不可抗力によって戸籍が焼失・紛失した場合
B、役所において過失により紛失または破損した場合
C、紛失はしていないものの、長年の使用により紙が摩滅して判読不能となった場合

そうした戸籍滅失への対策として明治三一年戸籍法により、戸籍は正本と副本を編製し、正本は市町村役場、副本は管轄区の裁判所で保管するものとなった。もし正本が滅失した場合は、副本をもとに正本の再製が行われる。現行戸籍法では、戸籍の正本は本籍地市区町村に、副本は管轄区の法務局がそれぞれ保管するものとなっている（第八条）。

それでも、Aの場合ならば正副本ともに焼失・紛失する可能性が高い。例えば、第二次世界大戦では空襲により東京、大阪をはじめ数多くの都市が焦土と化し、市町村役場および法務局に保管されていた大多数の戸籍が灰燼《かいじん》に帰した。国内唯一の地上戦が行われた沖縄では、ほぼすべての戸籍が焼失や散逸をみた。終戦時において、国内の戸籍は確認されるだけで三五万七〇八一件、簿冊一一二二冊、除籍は一一万七八六五件、簿冊二八一一冊が滅失した。[6]

戸籍の正副本のみならず、届書や除籍簿などに至る戸籍情報の証明書がことごとく焼失しまった場合、戸籍の再製は本人もしくは利害関係人の申し立てに基づいて行うしかない。つまり、戸籍再製の申請者が「自分」の氏名、本籍、生年月日、家族の氏名といった戸籍情報を口頭で証明することも認めざるを得なかったわけである。終戦直後の東京では、ほとんどの戸籍がそのような方法で再製されたという。[7]

こうした非常時の戸籍行政の混沌に付け込み、他人の戸籍を乗っ取って当人になりすます詐欺事件が多発したことは知られている。松本清張の小説『砂の器』（一九六一年）でも、不遇の生い立ち（ハンセン氏病患者の父親とともに放浪生活を送った）であった主人公が、空襲で死亡した恩人夫婦（主人公は住み込みで商店の手伝いをしていた）の焼失戸籍の再製を「その息子」と偽って申し立て、戸籍上まったくの別人に生まれ変わることで社会における上昇を勝ち得ようとする姿が描かれていた。

何しろ戸籍は本人の写真が貼付されていないという本人識別にとって致命的な欠陥を抱えているため、そうした「なりすまし」に対してはいかんともしがたい無防備さを曝すのである。

焼かれた兵籍――失われた出征兵士の情報

同じ日本国民でも、兵士は国家との雇用関係にある身分となるので、戸籍以外にあらためて兵士としての個人情報が国家に管理されるべきものとなる。もっとも、海軍は基本的に志願兵制であるから、徴兵によって集められた兵員の数は圧倒的に陸軍の方が上であった。

軍人・軍属およびその予備軍（軍学校の学生など）の身分登録となるものが「兵籍」である。軍にとって「兵籍トハ各人ノ履歴ノ原本ヲ保管シ其ノ人事ニ関スル一切ノ事項ヲ処理シ其ノ帰属ヲ明確ナラシムル為ノ手段ナリ」[8]とされる。

例えば、陸軍兵籍規則（一九二八年陸軍省令第二五号）をみると、その第一条に「陸軍ノ兵籍ニ編入セラレタル者ノ身上ニ関スル必要ナル情報ヲ記載スル為本令ノ定ムル所ニ依リ兵籍ヲ編製ス」とある。この兵籍は、初めての入営、陸軍諸学校への入学、採用の時に所属する部隊の責任で編製されるとされていた（同規則第六条）。

では、兵籍には何が記載されるのか。陸軍兵籍規則第四条によれば、兵籍の記載事項は、まず氏名、本籍、出生年月日、死亡年月日、戸主の氏名、戸主との続柄、族称、同一戸籍内にある親族の名前などの戸籍情報である。それに加えて入営、退営、現役満期、復員、召集、派遣、昇進といった軍歴、さらには職歴や陸軍諸学校の学歴といった個人の履歴が記録された。兵籍の記載事項に異動が生じた時は本人の届出にしたがい、兵籍を所管する部隊は逐一、訂正や補足を行う義務があった（同規則第八条、第一二条第一項）。

本来ならばこの兵籍によって、佐清と静馬のように国外に派遣された陸軍現役兵の所属部隊や派遣地、さらに安否も把握できるはずであった。だが、いかんせん敗戦という未曾有の非常時を迎えただけに、そう整然と事は運ばなかった。

終戦に伴い、各部隊の保管する兵籍は連隊区司令部に引き継がれ、一九四五年一一月に陸軍省と連隊区司令部が廃止されると、それらに代わって第一復員省（陸軍省を改組したもの）および地方世話部に移管された。さらに一九四七年五月に地方自治法（一九四七年法律第六七号）が施行されたことを受け、兵籍は各都道府県が保管するものとなり、軍の重要文書は最終的に各自治体へと委ねられた。

もちろん、これらの簿冊が正確にして無傷のまま戦後も引き継がれたわけではなく、戦災による焼失や、戦況悪化による報告漏れなども多かったようである。

ことに、終戦前後に政・官・軍が組織ぐるみで戦争指導や植民地統治に関する証拠隠滅を図り、中央・地方の公文書を大量に焼却したことは知られているが、兵籍もその例外ではなかった。敗戦後の連合国軍による戦争責任追及が拡大するのを危惧するあまり、日本軍の人事に関する重要機密も焼却するのが得策と考えられたのであろう。

だが、それにより復員の記録や戦没者の軍歴証明といった軍人・軍属の個人情報が大量に喪失してしまったため、復員を待つ遺家族に長年におよぶ焦燥と動揺を与えることとなった。終戦から約四年もの間、佐清と静馬の消息が把握できなかったのは、こうした兵籍の焼却も影響していると考えられる。

掴めなかった青沼母子の消息——本人識別には役立たずの戸籍

戦災による戸籍情報の錯綜が事件捜査の支障となった中で、ひときわそれを雄弁に物語るのが、青沼菊乃・静馬母子の経歴と所在をめぐる捜査陣の混乱である。

繰り返しになるが、静馬は佐兵衛の遺言が公表された後も、しばらくは消息不明の状態が続いていた。物語の前半で金田一が古館に「ときに、青沼静馬という人物ですがね。消息がわかりそうですか」(傍点、筆者)と尋ねる場面がある。これに対して古館は「遺言状を公開する以前から、全国に手配して行方を求めているんですがね。今のところまだ全然、手がかりがありません。青沼菊乃という女が、無事にその子を育てあげたとしても、こんどの戦争ですからね。どういうことになっているやら……」と答えている。

この二人の対話から、戦争という巨大な人災の前では、いかに戸籍情報が無力であったかが看取しうるではないか。既述のように、静馬の戸籍名はとっくの昔に「青沼静馬」ではなくなっている。古館はその後、富山市に暮らしていた静馬の近所の住人に聞き込み調査を行ったところ、静馬が富山市在住の親戚・津田家に養子に入っており、現在は津田姓であること、静馬が一九四四年に召集されて金沢の部隊に入隊したことを突き止める。結局はそうした足を使った地道な方法に頼らざるを得なかったのであるが、すでにそれも第三の殺人（被害者は佐智）が行われた後のことである。

津田夫妻は他に身寄りがない上に、空襲で二人とも死亡してしまったことも警察にとっては痛手であった。もし津田夫妻が生きていれば、静馬のみならず菊乃の消息についても早くに情報を得られたにちがいない。

青沼菊乃の変身を誰も見抜けなかったことは捜査の行方を大いに左右した。松子の琴の師匠として犬神家本邸に出入りしていた宮川香琴の正体がよもや青沼菊乃であるとは、金田一、古館、捜査陣一同も菊乃本人から聞かされるまで知る由もなかったのである。香琴の正体になぜ全く気付かなかったのか？と橘那須警察署長から問われた古館は、「何しろ戦災というものがあるものですから。あれさえなかったら、もう少し捜査しようもあったのですが」と苦々しげに弁明している。すなわち、戦災によって戸籍などの資料が焼失や散逸をみたことに加え、証人となるべき者が戦争で死亡した影響も大であったというわけである。

この点について、菊乃自身が次のように証言している。「宮川香琴」へとなり変わってからは前身を隠すためにあらゆる努力を払ってきたので、香琴と菊乃が同一人物であることを知るのは内縁の夫である宮川松風と津田夫妻だけであった。

松竹梅は佐兵衛に寵愛されていた往年の菊乃を知るだけに、その変身を見破れなかったのか？　しかし、犬神家と縁を絶ってから三〇年という歳月が菊乃の風貌を全く別人のように変えてしまったとあれば無理もない。何しろ怨敵として菊乃を呪い続けた松子が、「宮川香琴」を琴の師匠として仰望していたほどである。なるほど、かつて「女工ふぜい」などと存分に蔑んでいた女が、天下の犬神家からお呼びがかかるほどに高名な琴の師匠になっているとは夢にも思うまい。

せめてもの可能性は、佐兵衛が香琴の正体を察知することであった。菊乃が香琴として犬神家に出稽古に上がり始めた時に佐兵衛は存命であったが、すでに病床に臥しており、二人が対面することはなかった。よしんば顔を合わせたとしても、別人のように変わり果てた彼女の相貌に、かつて熱烈な愛情を注いだ「青沼菊乃」の面影を佐兵衛が見出すことができたかはおぼつかない。

それならば、もし「宮川香琴」が犬神家に招かれる際に、戸籍の確認を松子が要求していたならば、その正体が青沼菊乃であることを発見できたであろうか？　当時はまだ住民票の制度もなく、戸籍は日本国民の身分証明として就職や就学の時にはその提示を求められた。だが、前述の通り、戸籍は写真が貼付されていないという本人識別における致命的な欠陥をもつ。よって、菊乃が「宮川香琴」の戸籍を偽造したとしても、もはや彼女の正体を知る者がこの世に存在しない以上、なりすましが露見することはまずない。もっとも、それ以前に「宮川香琴」が、本人確認など要求される余地もないほどに琴の師匠としての権威を備えた存在となっていたとみるべきであろう。

終章

犬神家の戸籍が映し出す「日本」

――愛憎入り混じった一族の〝系譜〟

本当に「大団円」か？——一番の貧乏くじは誰の手に

莫大な遺産をめぐって凄惨な血の雨が降り続けた後に、曲がりなりにも爽やかな晴天が訪れれば、物語も大団円を迎えたといえよう。『犬神家の一族』の最終章はその名もずばり「大団円」である。だが、果たして本当にそういえるのか？

金田一の追及に屈し、関係者一同の前ですべての犯行を自供した松子は、珠世に佐清との結婚を懇願する。佐清は橘署長いわく事後共犯や拳銃不法所持などの罪で実刑を課される可能性があるが、それでも珠世は「お待ちしますわ。十年でも、二十年でも……佐清さんさえお望みなら……」と健気な言葉を吐く。この珠世の返事を聞いて大願成就とみた松子は心安んじて自らの命を絶つ。

珠世と佐清が婚姻すれば（二人は血縁上はいとこ同士となる）、夫婦の氏は当然に「犬神」となるであろうから、珠世は野々宮の戸籍から除籍され、そこで野々宮家は断絶となるわけである。だが、幼くして犬神家に引き取られ、しかも早くから佐清に好意を抱いていた珠世にしてみれば、この婚姻により莫大な遺産と犬神家当主夫人の座を手にできるのであるから、さして野々宮の家に未練はないであろう。

佐兵衛は既述のように、珠世が佐清と結ばれることを望んでいたふしがあったが、要は珠世と佐清・佐武・佐智のうちの誰かが、つまり自分の血を分けた者同士が結婚することを目論んでいたと考えられる。

したがって、珠世、佐清、そして死んだ松子の三者に限っていえば「大団円」である。一方、相続の蚊帳の外に置かれた上に、ともに松子の手で一人息子を奪われた竹子と梅子にすれば、恨むべき松子の思惑通りの結果となったことに憤懣やる方ないはずである。だが、松子はいまわの際に、小夜子が佐智との間にもうけた子が成長した暁には珠世の相続分の半分（！）を分け与えることを珠世に約束させる。この子は血統上、竹子・梅子双方にとっての孫であるから、その分け前を竹子一家と梅子一家で折半すれば相応の慰謝料にはなるであろう。松子が二人の異母妹に示した、せめてもの罪滅ぼしである。

それに引き換え、母子ともども蹂躙された挙げ句、一つぶ種の静馬を殺されていっさいの身寄りを失った青沼菊乃に対しては、松子は慰謝料はおろか謝罪の言葉すら残さなかった。菊乃・静馬母子は本作における一番の被害者といっても過言ではない。たしかに物質的な面でいえば、菊乃は琴の師匠として生計は十分に立つであろう。だが、精神的な面では悲しみのどん底に突き落とされたままである。

同じ被害者に対する松子の態度にかくも著しい差異を生んだ原因を考える時、やはり「血は水よりも濃し」という格言を想起せざるを得ない。その「血」というのも忌むべき父の「血」であるにもかかわらず、である。

望むらくは、菊乃と血縁関係にある珠世（第3章参照）が、心に言い知れぬ深手を負った菊乃に労わりの手を差し伸べることである。

横溝作品における『犬神家の一族』の異彩——名家でない一家の物語

あらためて問われるべきは、なぜ『犬神家の一族』が横溝正史の代表作として高い評価を受け、何度となく映像化されてきたのか？という点である。なぜかくも血生臭い連続殺人事件を描いた怪奇趣味の探偵小説が七〇年の時を経てもなお数多の読者を魅了し続けるのか？

その理由のひとつとして、『犬神家の一族』は「家」と「血」なるものが孕む矛盾、軋轢、不条理を、近代に生きる人間をもとことん翻弄する〝魔力〟として最大限に利用したサスペンスであることが挙げられる。

すべての事件の元凶というべき犬神佐兵衛は、一八七〇年にこの世に生を受け、臨終を迎えたのが一九四九年である。その八〇年にわたる生涯は、奇しくも壬申戸籍の編製（一八七二年）、明治民法と明治三一年戸籍法の施行（一八九八年）、そして敗戦後の民法改正（一九四八年）と、まさに近代日本における家をめぐる法秩序の創成と廃滅の変遷と並行するものであった。

日本人は自然と「家」や「血」を価値あるものとして崇める国民性が強いということは何度も述べてきた。だが、現実においては、「家」や「血」による束縛や差別に苦しみ、それらに抗いたい人もいる。誰あろう、横溝正史もその一人であった。

また、戦後日本では核家族が一般的な家族の形態となったことで、犬神家のような大家族（同居こそしていないが）に郷愁を覚える人もいよう。あるいは、結婚や相続などを通して親族とのゴタゴタを経験したことで、犬神家の紛争に共感を覚える人もいよう。そういった「家」と「血」をめぐる悲喜こもごもの感情を刺激された読者が『犬神家の一族』の世界に自己の家族観を投影することで物語に引き込まれていくのではないか。

既述のように、『八つ墓村』『獄門島』『悪魔の手毬唄』『女王蜂』など、映画化された横溝作品の多くは、封建的秩序が色濃く残る地方社会と、それを牛耳る旧家を舞台として「家」と「血」をめぐる因果をモチーフとしている。

だが、『犬神家の一族』はそれらの作品と比べても異彩を放っている。そのゆえんは、犬神家が旧家でも名家でもなく、佐兵衛が創立した成り上がりの家にすぎないという点にある。

古来より武家や公家の社会では、家柄というものが一族に対する強い拘束力をもってきた。そして明治国家により家制度が確立されると、平民においても家格という目に見えない鎖に縛られ、家名にふさわしい生き方が〝淳風美俗〟として求められた。戦後に家制度が廃止されたことにより、人々の家名や家格に対する栄誉や仰望といった意識が低下したのは確かであろう。

だが、犬神家にはそうした家格など皆無である。例えば『獄門島』に登場する、本家と分家とに分かれて長年争ってきた鬼頭家の如き由緒ある家とは雲泥の差である。犬神家の子孫に残されたものといえば、佐兵衛が一代で築き上げた「犬神財閥」としての権力と名声と財産しかない。佐兵衛の死後もなお、その奇天烈な遺言に犬神家関係者が振り回されるという絵図は、この一族を左右したものは「犬神」という家よりも佐兵衛個人による呪縛であったことを如実に示している。そのような従来の「家」としての要素をもたない犬神家が舞台であるからこそ、いっそう一族を翻弄する「血」の因果の恐ろしさが際立つのである。

佐兵衛は「近代」の申し子か？——欲望の赴くままに生きた父

世界史的にみて「近代」というのは、旧来の人間社会におけるさまざまな原理に変革をもたらすダイナミズムを基調とする時代であった。それは、絶対王政から民主政へ、封建主義から平等主義へ、村落社会から都市社会へ、という具合に政治社会を動かすさまざまな原理の新旧交代があってこそ成立した画期である。とりわけ近代は個人主義の勃興とともに発展してきた時代とされる。けだし、個人が社会に進出していく上で、血縁や身分や階級は古い原理として打破すべき対象とされ、個人の意思や能力が社会を創造する新しい原理として重視されていくのが近代である。

もちろん、その場合の「個人」とは、近代啓蒙思想が想定した「理性ある自律的な人間」を念頭に置いたものである。よって、「近代家族」という場合も、それは夫婦を基軸として成立するものとされた。その夫婦とは個人と個人の結合関係からなるという意味でやはり個人主義を精神的基盤としていた。

明治期の日本が国家建設の基盤とした家制度は、そうした近代の潮流と逆行するものであった。その根底にある思想は、個人をあくまで「家の一員」として、さらには天皇の「臣民」として把握するものであり、その究極の統合体となるのが、すべての臣民が「日本」という家の家長たる天皇の「赤子」として包摂されるという「国体」に他ならなかった。

いうなれば、血統や家柄といった「近代」の原理と矛盾する要素を核心とする日本の家制度は、日本ならではの「近代」を体現するものであった。家において個人は戸主によって統制されるが、戸主の座を継承するのは嫡長男が基本であり、そこには男尊女卑の価値観が通底していたことは贅言を要すまい。さらに、戸主との続柄として戸籍に記載される「長男」「二男」「私生子」「庶子」といった家族内の序列および差別は、社会に出ても各人に重圧を負わせる作用をもった。

これについて政治学者の高畠通敏は、近代日本国家において「個人が自由に行動するために、イエやムラの掟や淳風美俗的道徳をこえるテコとなった」ものは、「恋愛を主張し、性欲を肯定し、実感を尊重する、という人間の欲望一般の主張であった[2]」と述べる。

その意味でいえば、乞食同然の孤児から大財閥の総帥に成り上がり、血統や身分などに頼ることなく、おのれの能力や才覚にのっとって成功を収めた（野々宮大弐の援助があったことも大きいが）という点で、犬神佐兵衛はまさに「近代」の申し子といえる。その卑しい出自を包み隠さずに公表していたのも、血縁や身分などという古い原理を前近代の遺物として嘲笑する近代的精神の発露といえるかもしれない。そこに加えて、佐兵衛の奔放な性愛は、常人の理性からは程遠い欲望の放出であった。

自己の欲望を際限なく開放する精神を「欲望自然主義」と呼ぶならば、政治学者の神島二郎は、「欲望自然主義は、自己の欲望を超える内在的抑制の契機をもたぬから、本質的に非道徳的であった[3]」と述べている。

個人の欲望に対する「内在的抑制の契機」となりうるのは、おのれの家名を守るという秩序である。そうした家の権威や由緒などというものに束縛されなかった佐兵衛だからこそ、人妻との不倫をはたらき、内縁の妻をもち、何人もの妾を囲い、多くの婚外子を産んだのであり、まさしく欲望自然主義のなせるわざであった。

だが、そんな佐兵衛の欲望自然主義に引導を渡したのは、娘たちの怨念と抵抗であった。佐兵衛と菊乃の婚姻を阻止せんと松竹梅三姉妹を駆り立てたものは、二人の間に嫡男が誕生すれば、彼が将来の戸主として犬神家を支配することへの嫌悪である。その感情の土台にあるのは、単なる私怨という以上に、自分たちの家をよそ者に乗っ取られたくないという、やはり一種の「家」意識である。

日本における「近代家族」は親子を基軸として形成されるとする家族観念は、戸籍の編製方式に如実に表れている。しかるに、佐兵衛と三人娘との間には「親子」としてあるべき愛情や孝行は希薄であった。それでも、腹違いの三姉妹を結びつける絆となりうるものは、やはり父の「血」をおいて他にはなかったはずである。だからこそ、受け継いだ「血」に見合うべき「愛」を与えてくれなかった父親が菊乃に注ぐ「愛」に対し、三姉妹はそろって痛烈な攻撃を加えたのである。
一九七六年映画版を監督した市川崑は、犬神佐兵衛を「ストーリーの原点」と評し、次のように示唆に富んだ解釈を述べている。

(…)『犬神家の一族』は、僕なりの解釈でいえば、純愛物語だと思っている。つまり、一人の人間が愛を満たされない。満たされないがゆえに、愛を拒否していった。それがたまたまエネルギッシュで、才能もあったし、悪知恵もあった人間だったから、お金をどんどん作っていった。結局、満たされない愛をお金に変えていったんだ、と思う。[4]

そう、まさしく『犬神家の一族』は、佐兵衛の「純愛」を軸とする物語なのである。野々宮晴世、青沼菊乃という二人の女性に対する「純愛」を成就できなかったことが心の深手となり、娘をはじめとする他者への「愛」を放棄した佐兵衛の復讐劇である。佐兵衛の遺産をめぐって骨肉相食む争いをみせた松竹梅三姉妹にしても、単にカネに目が眩んだというより、遺産という形を通してせめてもの父の「愛」を求めたのではないか。

犬神家の戸籍が語る「家」と「血」、そして「日本」

読者の視点からすれば、犬神家一族の複雑に絡み合った「血」の結び目を金田一とともに一つ一つ探り当てて解きほどいていく過程は、難解な知恵の輪を丹念に分解していくようなスリルと興奮に溢れている。それらの「血」の結び目がすべて解明された時、世を震撼させた連続殺人事件も解決を迎えるのである。そこでようやく読者は、はまりかけた泥沼を抜け出し、晴天の下に躍り出たような、壮大なカタルシスを覚えるのではないか。

本書において筆者は、戸籍こそが『犬神家の一族』を読み解くカギとなると述べてきた。戸籍は日本国民を管理する公文書として存続している制度であり、特に個人の血統を縦横に追跡できるという、その〝索引的機能〟が特筆されてきた。だが、戸籍に記載された「事実」は必ずしも現実の血縁関係や生活実態を反映したものとならないということもまた偽らざる「事実」である。

「〇〇は誰の子か?」という血縁関係ひとつをとっても、佐兵衛と珠世の例に象徴されるように、戸籍を見ただけでは把握できないことばかりである。だが、そうした戸籍も把握し得ない血縁の複雑怪奇さこそが近代日本の「家」なるものの実態なのであり、また戸籍制度のもつ現実との矛盾を示唆している。

あらためて想起されるのが、今日における選択的夫婦別姓制度の導入への反対論として必ずといっていいほど挙がる、「姓（氏）を別にしたら家族の一体性が壊れる」という主張である。だが、本作を読んでみれば明らかなように、戸籍も氏も同じであろうと「家族」の絆というのは破綻する時はたやすいものであり、その対立が極まれば殺人も起こり得るのである。

本作に登場する妾、婚外子、異母姉妹、婿養子、事実上の養子、孤児といった存在は、佐兵衛の生きざま、言い換えれば彼の個性や我欲と不可分であったことがわかる。そのいずれも近代の戸籍法の規格においては〝非正規〟ないし〝非日常的〟であるが、決して日本社会における〝非伝統的〟な事象ではない。そのことはまた、古来より日本における「家族」の形成は、絶対的なタブーというものが存在せず、ゆるやかな現世主義に基づいていたという寓意でもある。

犬神家の戸籍に載るべくして載った者、載るはずでありながら載らなかった者。載ったものの不本意な形で載せられた者……。犬神家関係者は、狂逸な家長というべき佐兵衛の一存に運命を狂わされた者ばかりである。まさしく「犬神家の一族」の戸籍には、〝近代的個人〟として正負の意味をあわせ持つ佐兵衛の欲望の履歴が如実に刻み込まれており、それはまた古今にわたって社会や法が形作ってきた「日本」なるものの縮図といえる。

では最後に、探偵小説ファンなら、どう考えるであろう。戸籍というのは、本作のように「家」と「血」をめぐる因果が絡み合った犯罪事件を解明する上で果たしてどれほど役に立つのか？

あらためてそう問われた時、さすがの名探偵金田一耕助も答えに窮して顔をしかめるであろうか。それとも、ボサボサ頭をガリガリ掻きむしりながら、笑みを浮かべてこう軽妙に答えるかもしれない。

「は、は、は！　そ、そ、それが本当だったら、こんなにも推理に骨が折れるわけがないじゃありませんか！」。

注

序章

1 『犬神家の一族』の序盤においても、「金田一耕助はシャーロック・ホームズではない。名声それほど天下にとどろいているというわけでもないので、（…）那須署の署長や係官に対して、自分の立場を説明するのに、かなり困難を感じなければならなかった」との記述がある。

2 それまで金田一耕助を演じたのは（いずれも映画）、片岡千恵蔵をはじめ、岡譲二、高倉健、池部良、中尾彬であり、石坂浩二は七代目の金田一であった。

3 奇しくも、一九七六年映画版の前年に放送されたNHK大河ドラマ『元禄太平記』では、石坂浩二演じる主人公の老中柳沢吉保を追い落としていく気鋭の側用人《そばようにん》間部《まなべ》詮房《あきふさ》を古谷一行が演じ、二人は対決している。その後、石坂も一九九五年の大河ドラマ『八代将軍吉宗』で間部詮房を演じており、奇妙な因縁を感じさせる。

4 小林信彦編『横溝正史読本』角川文庫、一九七六年、八九頁。この対談の中で、正史はそうした探偵の条件を満たしている俳優は渥美清であると語り、当時、制作中であった松竹映画『八つ墓村』で渥美が金田一役を志望していたこと（実際に渥美が演じることになる）を歓迎していた。

5 『横溝正史読本』一四頁。

6 同上書、一二八頁。その代わり、『人形佐七捕物帳』などの「捕物帳」は戦地で人気を呼び、注文の大部分は前線に送られたという。横溝正史『横溝正史の世界』徳間書店、一九七六年、二〇八頁

第1章

1　同じく「一族」を題名に冠してベストセラーとなった山崎豊子の小説『華麗なる一族』（一九七〇年）も、一九七四年に映画化およびテレビドラマ化され、特に山本薩夫監督による映画は大ヒット作となった。また、一九七二年から連載開始された萩尾望都の漫画『ポーの一族』も、今日まで根強い人気を誇っている。

2　旧民法は、その内容が個人主義を基調とするフランスの法観念に偏しており、日本の伝統的な「醇風美俗」を損なうものであるという批判の声が法学者（その多くは守旧派）から上がった。なかでも穂積八束の「民法出《い》テ忠孝滅《ほろ》ブ」という論説（一八九〇年）は有名である。

3　実のところ、明治民法は旧民法の立法精神を受け継いだもので、旧民法は反対派が主張するほどに個人主義・自由主義的な内容ではなかったのであり、むしろ日本の伝統的な家族観念に配慮した内容であった。

4　一八九六年一〇月一六日法典調査会。『民法議事速記録五』五〇四頁。法務大臣官房司法法制調査部監修『日本近代立法資料叢書五』商事法務研究会、一九八四年所収。

5　穂積八束「「家」の法理的観念」『法学新報』第八五号、一八九八年四月、六頁。

6　谷口知平『戸籍法（新版）』有斐閣、一九七三年、二〇六頁。

7　横溝『横溝正史の世界』二七六頁。

8　横溝正史「映画の中の金田一耕助の思い出」『キネマ旬報』第六九二号、一九七六年一〇月、六九頁。

9　樋口広『日本財閥論　上巻』味灯書屋、一九四〇年、一〇二頁。

第2章

1　一九七六年映画版では、佐兵衛が大弐に拾われた年を一八七八年に改変しているが、これならば数え年で一二歳の時である（注6参照）。

2　孤児院は、一九四八年施行の児童福祉法（一九四七年法律第一六四号）により「養護施設」へ、さらに一九九八年には同法改正により「児童養護施設」および「乳児院」（一歳未満が対象）へと改称された。

3 その詳細については、遠藤正敬『戸籍と無戸籍――「日本人」の輪郭』人文書院、二〇一七年を参照。

4 青木義人・大森政輔『戸籍法』日本評論社、一九八二年、三六七頁。

5 こうした戸籍への従属を当然として疑わない日本人の意識を「戸籍意識」と名付けたのは、法学者の山主政幸である。山主政幸「家族法と戸籍意識」日本大学法学会編『民法学の諸問題』日本大学法学会、一九六二年。

6 一九七六年映画版は、佐兵衛の死亡時を一九四七年と原作より二年早めた関係から、生年も一八六八年に改変している。

7 横山雅男編『日本統計要覧』経済統計社、一八九〇年、四九―五〇頁。

8 父母が不明の子が日本国内で発見された場合、発見者または発見を告げられた警察官は二四時間以内にこれを市区町村長に報告しなければならない。報告を受けた市区町村長は棄児に氏名を与え、戸籍を編製する定めとなっている（現行戸籍法第五七条）。旧法と異なるのは、棄児として認定された子は旧法のように戸主として一家を創立するのではなく、単に戸籍の筆頭者となる点である。

9 成毛鐵二『戸籍の実務とその理論』日本加除出版、一九七一年、四三七頁。

10 大森敬之編『官民必携戸籍大成』立志書房、一八七八年、一六〇頁。

11 遠藤正敬『戸籍と国籍の近現代史――民族・血統・日本人』明石書店、二〇一三年、四五―四七頁。

12 外国人が帰化した事実についても、一九六四年から新戸籍に移記されなくなった。遠藤『戸籍と国籍の近現代史』六〇―六一頁。

13 遠藤『戸籍と無戸籍』二六二頁。

14 喜田貞吉『読史百話』三省堂、一九一二年、三〇―三一頁

15 同上書、三二頁。

16 同上書、三二―三三頁。

17　市村咸人『伊那史叢説 第2篇』山村書院、一九三七年、二二一―二二三頁。本堂順一他『炭焼長者――郷土伝説』信濃毎日新聞社、一九四〇年、五七―五九頁。

18　小酒井不木『稀有の犯罪』大日本雄弁会、一九二七年、三三一―三三三頁。

19　遠藤正敬『天皇と戸籍――「日本」を映す鏡』筑摩書房、二〇一九年、一四五―一四七頁。

20　柳田國男「家永続の願ひ」『明治大正史 世相編』一九三一年、朝日新聞社（講談社学術文庫、一九九三年）、二四〇頁。

21　穂積陳重『隠居論』哲学書院、一八九一年、四二―六四頁。

22　天皇家では事情が異なっていた。六四五年に皇極帝（第三五代）が弟の軽皇子《かるのみこ》（次代の孝徳帝）に皇位を譲り渡したのが、最初の譲位とされる。この時、皇極は五二歳であったが、子の中大兄皇子が中心となった反蘇我氏クーデター「乙巳《いっし》の変」による体制刷新のため譲位したとみられる。

23　徳富猪一郎『大正政局史論』民友社、一九一六年、三九頁。

24　伊藤博文編『秘書類纂 帝室制度資料 上』（以下、『帝室制度資料 上』）秘書類纂刊行会、一九三四年、五一頁。

第3章

1　荻生徂徠著、辻達也校訂『政談』岩波書店、一九八七年、二九六―二九七頁。

2　この新律綱領は、「新律」という名の通り、「王政復古」にふさわしく古代の大宝・養老律令を復活させ、これを中国の明律および清律に準拠して再編したものであった。高柳真三『明治初年に於ける家族制度改革の一研究――妾の廃止』日本法理研究会、一九四一年、一二―一三頁。

3　森有礼「妻妾論」『明六雑誌』一八七四年五月―一八七五年二月、福沢諭吉「男女同権論」『明六雑誌』一八七五年三月などはよく知られている。

4　「万世一系」の皇統の維持という大義によって一夫多妻制を存続させるべしという議論については、遠藤『天皇と戸籍』二一三―二一八頁。
5　下田歌子『結婚要訣』三育社、一九一六年、一五二―一五三頁。
6　一九二七年二月に大阪の女性が、甘言をもって貞操を供させ、三人の子を産ませながら約束した金銭条件を履行しなかったとして相手の男性に契約の履行と慰謝料を請求した訴訟である。判決では裁判所が妾契約を「無効」とすることで女性の請求は棄却されたので、結局のところ不利益を被ったのは「妾」にされた女性の方である。事件の概要については、山口与八郎『貞操問題と裁判』明治大学出版部、一九三六年、一三四―一四〇頁。
7　同右、一三八頁。
8　斧・琴・菊は、歌舞伎の尾上菊五郎（音羽屋）の着物の持柄であり、音羽屋びいきの横溝正史がそこから拝借したものである。ちなみに『八つ墓村』に、梅幸という尼僧が登場するが、これも音羽屋の尾上梅幸にちなんだ名前である。
9　松子が佐智殺害についてのアリバイを金田一たちに崩されるきっかけは、宮川香琴が琴の稽古中に松子に起きた〝事故〟（佐智に嚙まれて指をケガする）を証言したところにある。かつて「青沼菊乃」として松子らに蹂躙された菊乃がはしなくも一矢報いる結果となるが、一九七六年映画版、一九七七年テレビ版といずれも改変のせいで、二人の因縁が三十年の時を経てまた浮かび上がるという妙味がなくなっている。
10　華族は、「皇室の藩屏《はんぺい》」として「臣民」の中で最も天皇家に近しい身分とされ、皇族との婚姻も許されていた。よって、その婚姻については、一八八四年に発せられた華族令（一八八四年宮内省達）第八条により、婚姻届出の前に宮内卿（のちに宮内大臣）の許可を受けることが義務づけられた。
軍人は、一八八二年の軍人勅諭において〝天皇の軍隊〟の一員としての忠節が必須とされ、婚姻の相手も分相応であることが求められた。陸軍と海軍、さらに階級によって扱いが異なるが、基本的に現役軍人の婚姻は、勅許または所属長官の許可が必要とされた。
11　政財界においても例えば、渋沢栄一は最初の妻・千代は叔父の娘であるし、岸信介・佐藤栄作は兄弟そろっていとこを妻に迎えている。

12 例えば、天武天皇（第四〇代）の妻妾のうち、皇后の鸕野讃良皇女《うののさららのひめみこ》（第四一代持統天皇）をはじめ、大田皇女、新田部《にいたべ》皇女、大江皇女の四人は天武の兄・天智帝（第三八代）の皇女である。つまり、叔父と姪の婚姻である。

13 朝鮮では中国に比べてはるかに姓の数が少なく、五大姓（金、李、朴、崔、鄭）が人口の半分を占めているため、近親婚を防止するために同姓不婚にしてしまうと結婚相手探しが難儀を極める。そこで「同本」という条件が加わって緩和されたのである。

14 花房四郎『男色考』文芸資料研究会編輯部、一九二八年、九頁。

15 「変態性欲」は、ドイツの精神医学者クラフト・エビングの『性的倒錯（*Psychopathia Sexualis*）』（一八八六年）に基づく分析概念である。

16 『横溝正史の世界』二〇四頁。

17 周知のようにＬＧＢＴＱとは、Ｌ＝レズビアン（女性同性愛者）、Ｇ＝ゲイ（男性同性愛者）、Ｂ＝バイセクシュアル（両性愛者）、Ｔ＝トランスジェンダー（肉体の性別と自認する性別が一致しない人）、Ｑ＝クエスチョニング（自己の性別について不明もしくは不問とする人）およびクィア（特定の性別にとらわれない人）をそれぞれ指す言葉である。

18 経済協力開発機構（ＯＥＣＤ）が二〇一九年に公表した加盟国のＬＧＢＴ関係法制度の整備状況に関する報告書においても、日本は三五カ国中三四位とされている。

19 遠藤『戸籍と国籍の近現代史』三二頁。

20 横溝『横溝正史の世界』二七六―二七七頁。

21 同上書、二七八頁。

22 同上。

23 同上書、二七七頁。

24 穂積重遠『婚姻制度講話』福永重勝、一九二五年、四三頁。
25 同上。ただし、よく知られているように旧刑法における姦通罪は妻のみに適用されるという男女不平等主義であった。
26 横溝『横溝正史の世界』二八〇頁。
27 同上書、二八一頁。
28 同上書、二八六頁。
29 歌名雄は宜一郎を恨むよりも、あろうことか恩義を感じてしかるべき浅恵と「深讐綿々、遺恨骨髄の間柄」となり、富重が結婚、五郎が奉公でともに横溝家からいなくなると、正史が仲裁役にならざるを得ず、「宜一郎はそんな際じつに無力で頼りなかった」と書いている。横溝『横溝正史の世界』二八五頁。
30 同上書、一五二頁。

第4章

1 ただし、明治民法において養子縁組の要件は厳しくなり、当事者の自由意思だけでなく、裁判所の許可を得て成立するものとされた。戦後の新民法からは、未成年者が養親となる場合は家庭裁判所の許可が必要となった。
2 一九七六年映画版以降、映像版ではたいてい猿蔵は珠世よりもひと回りほど年長のキャラクターに設定され、演じる俳優も中年である。
3 穂積陳重『祖先祭祀と日本法律』有斐閣、一九一七年、一六〇頁。
4 松子がゴムマスク姿の「佐清」の正体を知るのは、佐清と珠世との結婚の賛否をめぐり、佐清になりすました静馬と小競り合いになった時のことである。ついに静馬は自ら名乗りを上げ、珠世と結婚できない理由を激白するも、逆上した松子に絞殺され、あえない最期を遂げる。ここで松子が静馬を殺す理由としては、佐清と珠世の婚姻を阻みうる芽はことごとく摘み取っておこうというところであろう。

一九七六年映画版において、ゴムマスクを脱いで素顔を曝した静馬が松子にその正体を明かし、自分の野望とともに積年の恨み節をぶつける場面は後半のハイライトといえる。

一方、一九七七年テレビ版では、終盤になって「佐清」が本物なのかという疑念を強めた松子が彼の荷物を調べてみると幼少期の静馬と菊乃の写真を発見し、静馬が佐清になりすましていることを察知する、という流れに改変されている。たしかに同じ屋根の下に暮らしていれば、遠からず衣服や持ち物から足がつきそうなものではある。なお、一九七六年映画版、一九七七年テレビ版はいずれも松子による静馬殺害が斧による撲殺に改変されており、後者は殺害場所も展望台に変わっている。

5　仁井田陞『支那身分法史』東方文化学院、一九四二年、七三二頁。

6　松子の婚姻が何歳の時であったかは不明である。ただし、佐兵衛死亡時（一九四九年二月）に五〇歳を二つ三つ越えた頃であったとすれば、一八九〇年代後半の生まれということになる。よって、佐清を出産した一九二〇年が二〇代前半のことであり、婚姻はその少し手前とみてよい。

第5章

1　自分の戸籍を抹消することで兵役を逃れようという様々な手口については、遠藤『戸籍と無戸籍』第4章第5節参照。

2　『ビルマの竪琴』映画版は脱イデオロギー的な「反戦映画」として評価を得ている。だが、一九八五年版を観ると、捕虜となった日本兵を包む現地の友好的ムードが目立つ上、戦死した日本人兵士への鎮魂や慰霊が「主」とされ、その無情な死をもたらした戦争の原因については「従」に追いやられている印象が拭えない。侵略戦争という本質を不問にした「反戦映画」というものが成立するのか、という論議を招く作品である。

3　竹山道雄の『ビルマの竪琴』について、永井浩はその文学的価値は認めつつも、戦争を題材にしながら、その原因には触れていない「「ビルマ」不在」の作品であるとして、竹山におけるビルマ蔑視（ひいてはアジア蔑視）

の視点を指摘している。永井浩「『ビルマの竪琴』幻想をこえて――「アジア最後のフロンティア」への一視点」『グローバル・コミュニケーション研究』第一巻、二〇一四年三月参照。

4 日本法令学会編『戸籍ニ関スル法規便覧下巻』日本法令学会、一九一四年、一四八―一四九頁。

5 だが、佐兵衛の遺言について、その公表の三年前、つまり戦時中（一九四四年）に作成されたことに改変しているのは蛇足であろう。この時期ならば、当然、戸主の死亡による家督相続の話になるのに、佐兵衛の遺言は家督相続のことなど一切触れていないからである。

6 横山「戸籍法施行50年によせて――私の戦後戸籍物語（上）」『戸籍』第六六九号、一九九八年一月、一八―一九頁。

7 「座談会　戸籍の滅失と再製（四）」『戸籍』第三〇一号、一九七一年九月、一〇頁。

8 『軍政学』海軍経理学校、一九三三年、一四四―一四五頁。

終章

1 佐清は殺人には関与しておらず、罪に問われるとすれば静馬との共犯による死体遺棄（最高で懲役三年の罪）、拳銃不法所持（最高で懲役一〇年の罪）くらいである。だが、前者にしても母・松子を庇い、また静馬に脅迫されたという理由で情状酌量がはたらくとすれば、執行猶予がつく可能性もある。

2 高畠通敏『政治学への道案内』講談社学術文庫、二〇一二年（原本は三一書房、一九七六年）、四四三頁。

3 神島二郎『近代日本の精神構造』岩波書店、一九六一年、二四〇頁注（9）。

4 「座談会　日本映画の現状の中で映画『犬神家の一族』の持つ意味は?」『キネマ旬報』第六九二号、一九七六年一〇月、七四頁。

あとがき

「物騒な世の中」とは、いつの世も使い勝手のよい言葉である。酔っ払って電車の中で寝込むことは酒飲みにとって日常茶飯事であろう。コロナ禍になる以前は、筆者もご多聞に漏れずであった。ただ、「物騒な世の中」にもかかわらず、車内で熟睡中のところを泥棒やテロといった危難に見舞われた経験がないのは、たまたま運が良かっただけなのか、あるいは何か人を遠ざける負のオーラを発していたせいなのかは定かでない。いずれにせよ電車内での無差別テロのニュースもちらほら聞く「物騒な世の中」だけに、注意するに越したことはない。

人は最期くらいは畳の上で安らかに迎えたいと願うものの、現実にはなかなか難しい。死因はどうあれ、病院のベッド上で「御臨終です」という医師の言葉をもって人生の幕引きとなる風景が大半であろう。だが、人は誰でも生まれた時は一糸まとわぬ裸である。死んだ時にパンツ一枚でも履いてバナナの一本でも手にしていれば、人生は勝ちである。こんな事をその昔、明石家さんまが言っていたが、けだし名言ではないか。『犬神家の一族』のイメージキャラクターと化した「佐清」

の逆立ち死体も服を着ていただけ御の字ということか。

　しかし、これほど世に人気を博した（？）死体もそうそうない。シンクロナイズドスイミングの演技を観ながら、逆立ちの「佐清」を思い浮かべる人も一〇〇人中一人はいるはずである。横溝作品において屍となった犠牲者たちは、世が世なら戸籍には「変死」として記載されたのであるが、本書の執筆を考えたきっかけのひとつが、こうした変死体が戸籍上、どのように記載されるのかという疑問であった。

　もっとも、筆者が初めて『犬神家の一族』の一九七六年映画版を観た時にはそんなことを考える余裕など微塵もなかった。小学校低学年の頃から名探偵金田一耕助の存在は知ってはいたが、とにかくおぞましいホラー映画の主人公という先入観が災いし、金田一シリーズは映画もドラマも目をそむけてしまったのが悔やまれる。

　そうした先入観を筆者に植え付けた責任の一端は、ザ・ドリフターズにある。金田一耕助の名を探偵小説ファンや映画マニア以外の老若男女、特に少年少女に知らしめ、その存在を全国区にしたという点において彼らの功績は大きいといわねばならない。何しろ小学生にとってのドリフは、キリストかブッダに匹敵する神がったカリスマ的存在であった。なかんずく、志村けんと加藤茶がギャグとして取り上げれば、歌でもCMでも魔法のようにすぐさま子ども達の間で流行した。

　そのドリフの代名詞にして超国民的番組というべき『8時だョ！全員集合』の前半コントで、金田一耕助シリーズのパロディ・コント（「ドリフの金田一さん、事件ですよ！」といった感じのサブタイトル）を年に一度くらいは観た記憶がある。無論、謎解きなどはどこ吹く風で、金田一に扮した志村（他の四人は警察役）が、次々と現れる幽霊や死体に絶叫し、ひたすら逃げ惑うという、そのリアクション芸（「志村、後ろ！」という観客の叫び声でおなじみ）が笑い所であった（ただし志村ありきの脚本であり、他のメンバーの出番が少ないのが個人的には不満であった）。

また、ドリフは映画『八つ墓村』に登場する濃い茶の尼のセリフ「祟りじゃー」をやはりコント内で真似て流行語に仕立て上げ、映画の大ヒットに一役買っている。

筆者もそうしたコントを観て笑い転げながら、心中は〝本家〟はそれほど恐ろしい内容なのだろうという恐怖感がかえって増幅していた。少なくとも幼少の頃は怖がり屋でホラーやオカルトといった分野は大の苦手であったのが、ドリフのコントのおかげで金田一シリーズなど観る勇気がなおさら失せたのである。

そんな筆者も、高校生くらいになると横溝映画を一人で観賞できるまでに成長を遂げ、〝娯楽映画〟としてそれらを楽しむだけの精神的余裕が身に付いたようである（それでも『犬神家の一族』一九七六年映画版は以降の映像作品と比べて、その恐怖度は群を抜いているといまだに思う）。

小説の方で筆者が最初に読んだ横溝作品は『獄門島』であり、高校生の時であった。『犬神家の一族』を読むのはだいぶ後のことであるが、小学生からでも楽しめる江戸川乱歩作品（子ども向けに改変されたものであるが）に対し、横溝作品はかなり大人になってからでないとその面白さを満喫できない。否、大人になってから読んでも、若ハゲになりそうなほど頭を悩ませる部分が多い。その理由は、本書で述べたように登場人物の血縁関係・戸籍関係が複雑かつ変則的だからである。

近年、横溝正史の作品が続々と欧米で翻訳出版されるや大きな反響を呼び、ベストセラーの仲間入りだという。『犬神家の一族』も二〇二〇年にイギリスで英語版が刊行されたが、そのタイトルは'The Inugami Curse'である(『産経新聞』二〇二一年七月四日付)。'The Inugami Family'とか'The Inugami Clan'ではなく、'Curse'(呪い)をタイトルにもってきたのが意外であるが、英語だと「家」「一族」は的確に表現するのは難しいという理由もあるのかもしれない。

右の記事によれば、欧米において横溝作品の醍醐味として脚光を浴びているのはやはり犯罪の手口やトリックなど技術的な部分のようである。たしかに日本社会に根づく「家」や「血」のしがらみといった部分は欧米では共感されにくいであろう。というより、登場人物の実際の血縁関係と戸籍上の親族関係との違い(例えば、静馬と珠世の関係)など、日本人が読んでも把握するのに四苦八苦するというのに、そもそも戸籍制度などない欧米の人々にどこまで理解できるのかが興味深い。

なるほど一般に読者が探偵小説にツッコむとすれば、推理の強引さ、トリックの稚拙さ、犯人の動機や行動の不自然さなどであろう。本書を一読した方からは、あくまで娯楽作品なのだから、細かい法律関係など目をつむって素直に謎解きを楽しめばよいものを、血まなこになって粗さがしをするとは大人げないとの咎め立てを受けるかもしれない。その通り(粗さがしはともかく)、まさに子どもながらの好奇心、物好きさが本書を執筆する原動力なのである。

幼児が「あの人は何で大声で叫んでるの?」「この電車は何で三両しかないの?」などと目にし

たものについて次々と質問するように、本作を読みながら「あれ、この人の戸籍はどうなってるの？」「この二人の関係は戸籍にどう書かれるんだ？」という具合に童心に帰ったかのごとく、あれこれと戸籍にまつわる疑問が浮かんでくるのである。それらをひとつひとつ解き明かしていくことで、同時代の日本の「家族」の多様さ、「血」の因縁の執拗さを理解するとともに、横溝正史の構想力の奇抜さに舌を巻くのである。

もとより法学を専門としない筆者だけに、戦前の民法解釈などにあたっては数々の苦闘を重ねたのは偽りのないところである。特に遺言をめぐる法律関係については、殷勇基、町田伸一の両弁護士から丁寧かつ明瞭にご教示いただいた。この場を借りてお二人には感謝申し上げたい。

そして、本書の編集を担当していただいた青土社の加藤峻氏は、実にきめ細かく作業に専念して下さった。彼とは数年前に青土社でお仕事をさせていただいた時からのご縁である。コロナ禍以前の居酒屋で筆者が次は『犬神家の戸籍』なんて本を書こうと考えているとおぼろげな願望を酔いまかせに話した時、一笑に付されても仕方ないと思いきや、「それは面白そう」と膝を乗り出してくれたのが、本書が世に出る端緒である。加藤氏は人を「褒めて伸ばす」タイプの編集者であり、「褒められて伸びる」タイプではない筆者も彼のおかげで伸び伸び筆が進められたように思う。

昨年（二〇二〇年）初めから猛威を振るい続けているコロナ禍にあって、飲食業界やエンタメ業界など数えきれぬ人々が減収や失業に陥り、辛酸を舐めているのは周知の通りである。非正規雇用者である筆者も、大学の講義と執筆以外の貴重な収入源である社会人向けの講座などの仕事がごっそりなくなり、確定申告の時にあらためて受けた痛手の大きさを噛みしめ、わが手をじっと見つめた。

だからといって、「転生したら本気出そう」などと厭世観に浸るつもりは毛頭ない。どんなに逆境に立たされても、ステージに上がれば可憐な衣装で笑顔を振りまきつつ歌い踊ってオタクの心を癒し、終演後の物販でも疲れた顔ひとつ見せずに握手やチェキ撮影に興じてくれる地下アイドルよろしく、こんな不穏な時代だからこそ、陽気に貪欲に達成感の得られるような魔法陣を描いていきたいものである。

勇者になり損ねてもいい。安穏と耕作にいそしむ農夫でいられることの喜びを失わなければ幸いなるかな、である。

遠藤　正敬

アクリル板の壁が撤去される日を待ち望む初秋に

な行

は行

ま行

や行

ら行

索引

［著者］遠藤正敬（えんどう・まさたか）
1972年生まれ。早稲田大学大学院政治学研究科博士課程修了。博士（政治学）。専門は政治学、日本政治史。現在、早稲田大学台湾研究所非常勤次席研究員。宇都宮大学、埼玉県立大学、東邦大学等で非常勤講師。著書に、第39回サントリー学芸賞を受賞した『戸籍と無戸籍――「日本人」の輪郭』（人文書院）のほか、『近代日本の植民地統治における国籍と戸籍――満洲・台湾・朝鮮』『戸籍と国籍の近現代史――民族・血統・日本人』（いずれも明石書店）、『天皇の戸籍――「日本」を映す鏡』（筑摩選書）などがある。

犬神家の戸籍
「血」と「家」の近代日本

2021年10月15日　第1刷発行
2021年12月25日　第4刷発行

著者――遠藤正敬

発行者――清水一人
発行所――青土社

〒101-0051　東京都千代田区神田神保町1-29　市瀬ビル
［電話］03-3291-9831（編集）　03-3294-7829（営業）
［振替］00190-7-192955

組版――フレックスアート
印刷・製本――シナノ印刷

装幀――大路浩実

ISBN978-4-7917-7395-4　C0036